Les nouvelles
petites histoires de Mamido

Solène Tavernier

Les nouvelles petites histoires de Mamido

Nouvelles

ISBN : 979-10-422-1305-3

Le secret de Fernand

Fernand est un vieil homme chétif, mais solaire. Il habite une maisonnée à l'entrée du hameau. Qui ne connaît pas Fernand !

C'est « l'ancien » comme l'ont baptisé les habitants du village du fait de son âge avancé, 88 ans, ou « Merlin l'enchanteur » selon les enfants, car il porte les cheveux mi-longs et une barbe blanche.

Très alerte, il se promène régulièrement, sourire aux lèvres, armé de son bâton de pèlerin, coiffé d'une casquette à carreaux.

Particulièrement sociable, il fait chaque matin le tour des trois derniers commerces encore en activité. À la boulangerie, il achète sa demi-baguette pas trop cuite, à cause de ses dents et un chausson aux pommes, son péché mignon. Il continue immanquablement par un arrêt à l'épicerie où il passe en revue, tel un inspecteur, les différents rayons afin de vérifier que rien ne manque ; déformation professionnelle sans doute, car il a été l'épicier du village pendant trente ans.

Il termine sa tournée quotidienne au bar-tabac où il s'installe, heureux de lire son journal, papoter avec le patron et certains habitués comme lui.

Il y rencontre parfois le maire qui lui parle inlassablement de ses projets et surtout du manque de moyens. Les idées, ça n'est pas ce qui manque. Il n'y a que 810 âmes sur la commune, mais presque toutes sont forces de proposition.

Cependant il faut bien faire des choix. Cette année, le budget resserré ne permet pas beaucoup d'options.

« Il faudra décider entre la réfection de la cour d'école, le changement de certains jeux, la rénovation des murs du foyer communal, le remplacement des bancs sur la place principale… » lui a soufflé Monsieur le Maire, un peu découragé. « Le prochain conseil municipal va certainement être animé ».

Fernand dodeline de la tête. Cependant, de nature optimiste, il encourage l'élu à ne pas baisser les bras et à poursuivre ses fonctions.

Lui aussi a été maire autour des années 1970. C'est vrai qu'à l'époque c'était plus facile, car les administrés respectaient le premier officier municipal comme les élèves respectaient l'instituteur.

Beaucoup de nos valeurs ont disparu, pense-t-il, ce n'est pas pour autant qu'il dénigre la jeunesse. Les jeunes, Fernand les soutient. Peut-être parce qu'il n'a pas eu la chance d'avoir de descendance. Célibataire endurci, il n'a pas trouvé « chaussure à son pied » comme il aime répondre aux gamins qui l'interrogent parfois. Cependant des rumeurs courent. On le voit souvent se recueillir au cimetière sur la tombe de Rose et Émile, les anciens fromagers du village. Émile était le meilleur ami de Fernand. Les mauvaises langues disent que Rose était sa maîtresse et que son fils Robert, dont Fernand est le parrain, serait le fruit de leurs étreintes coupables.

Le vieil homme n'a jamais donné prise à ces rumeurs.

Robert a quitté le village après le décès accidentel de ses parents. Voilà plus de 20 ans qu'il vit au Canada où il a fondé une famille. Fernand a régulièrement pris de ses nouvelles les premières années puis les courriers et les appels téléphoniques se sont espacés avant de cesser définitivement. Son filleul n'a plus donné signe de vie, ce qui l'a profondément peiné.

Habituellement Fernand aime prendre son temps, cependant aujourd'hui il abrège la conversation avec le maire, car il a un rendez-vous important en début d'après-midi. Il passe casser une croûte en vitesse chez lui avant de s'apprêter en vue d'une grande occasion. À 14 h précise, il monte dans le bus qui dessert Grasse, la ville où se trouve son notaire à une vingtaine de kilomètres du village. Fernand vient de prendre la décision de modifier son testament.

Il a passé une heure en tête à tête face au notable. Le vieil homme retourne chez lui avec le sentiment du devoir accompli.

Trois mois plus tard, c'est le facteur qui découvre son corps sans vie, allongé sur le sol de sa cuisine, foudroyé par une crise cardiaque.

« L'ancien » a droit à tous les honneurs. Nombreux sont ceux qui assistent à son enterrement. Coïncidence heureuse, il est inhumé à côté du caveau de Rose, ce qui ne manque pas encore de faire jaser, d'autant plus que Robert a réapparu miraculeusement la veille des obsèques.

Sa présence parmi la foule ne fait pas l'unanimité. Les langues vont bon train. « Il vient toucher le magot », « il doit être couché sur le testament ». Les hypothèses les plus farfelues circulent de bouche à oreille. La plupart des proches de Fernand l'observent d'un mauvais œil.

Le moins que l'on puisse dire c'est qu'il n'est pas le bienvenu.

Quelques semaines plus tard, c'est l'effervescence à la mairie. Un conseil municipal extraordinaire a été convoqué.

Le silence se fait quand l'élu pénètre dans la salle.

« J'ai une incroyable nouvelle à vous annoncer. Le notaire de Fernand m'a informé récemment que notre ami a légué ses biens et valeurs numéraires à la commune. Le montant net de l'ensemble s'élève à 150 000 euros ! »

Pendant quelques secondes, la stupéfaction laisse sans voix la plupart des participants puis quelques murmures de satisfaction rompent le silence. Avant même que l'euphorie ne s'empare de l'ensemble des membres, le Maire les avertit que le filleul de Fernand a formulé une réclamation, arguant du fait qu'il se revendiquait comme étant son fils.

Il a obtenu qu'un examen de l'ADN soit fait. De ce fait, l'exhumation du corps de « l'ancien » doit être pratiquée et selon les résultats le legs pourra être accepté définitivement ou refusé.

C'est la douche écossaise pour les conseillers municipaux.

Des cris de protestation s'élèvent. Chacun y va de son avis et le maire a bien du mal à calmer l'assemblée. Il exprime à voix haute ce que beaucoup d'entre eux pensent, à savoir que Fernand ne mérite pas ça.

Il va falloir patienter jusqu'à ce que les conclusions tombent.

Le Jour J est arrivé. Le maire a rendez-vous à l'office notarial.

L'officier public l'informe que les ADN ne correspondant pas, le legs à la mairie va être validé à l'issue des délais légaux.

Il lui explique ensuite que Fernand avait effectivement désigné Robert comme légataire universel sur son premier testament avant de venir le modifier au profit de la commune, un peu avant son décès.

Secret professionnel oblige, ce que le notaire ne dira jamais au maire, ce sont les confidences que Fernand lui a faites ce jour-là. Les rumeurs qui couraient au sein du village n'étaient pas totalement infondées. Rose était très proche de Fernand, mais elle n'était pas sa maîtresse. Fernand était l'amant d'Émile.

La convocation

Encore sous le coup de l'émotion, Véronique sort de la gendarmerie. Les pensées se bousculent dans sa tête. Comment aurait-elle pu imaginer en se rendant à cette convocation que sa vie en serait grandement bouleversée ?

Jusqu'à ce matin-là, sa vie de famille était plutôt ordinaire, la vie de monsieur et madame Tout-le-monde. Fille unique, issue de la classe moyenne, un diplôme technico-commercial en poche, elle travaillait dans le milieu de l'immobilier. C'est à l'occasion de la visite d'un appartement qu'elle avait rencontré celui qui devait devenir son mari. Alex était steward sur une grande compagnie aérienne. Très vite ils s'étaient mariés et deux anges étaient venus éclairer leur foyer. Ils vivaient en maison à Opio, une jolie petite commune des Alpes-Maritimes.

Passionné par son métier, Alex était devenu chef de cabine principal. Il était amené à se déplacer souvent. C'est donc très naturellement la jeune femme, très active et sociable, qui avait pris en charge l'organisation familiale. Afin de se faciliter le quotidien, elle avait créé sa propre agence indépendante, ce qui lui permettait de planifier son activité professionnelle en fonction de ses obligations maternelles. À 34 ans, elle consacrait la majeure partie de son temps libre à ses deux filles de 7 et 9 ans, celles-ci souffrant parfois de l'absence de leur père.

Assise au volant de son véhicule, Véronique se prend la tête à deux mains, fermant les yeux. Elle est effondrée. Elle ne veut pas croire ce qu'elle vient d'entendre. Il doit y avoir une explication rationnelle, il faut qu'il y ait une explication sinon elle va devenir folle. C'est un cauchemar. Elle va se réveiller et lorsqu'elle racontera son mauvais rêve à Alex à son retour, ils en riront ensemble. Elle revoit son visage souriant, ses yeux débordants d'amour après l'avoir longuement embrassée avant de partir. « Je reviens dans quinze jours ma chérie. N'oublie pas de confirmer l'hôtel à Porquerolles. J'ai promis aux filles une belle balade à vélo ».

Ça n'était pas la première fois qu'il s'absentait aussi longtemps, ça arrivait régulièrement en période de formation. Comme une demande de pardon, il ramenait parfois un sac plein de surprises aux fillettes qui l'attendaient avec impatience. Les jours suivant son retour, il était à ses petits soins. Il lui disait sans cesse combien il culpabilisait de la laisser tout gérer. À chaque fois elle le rassurait en lui rappelant que c'était leur choix dès le départ.

Toujours prostrée dans sa voiture, Véronique a l'impression que son cerveau va exploser. Elle est incapable de mettre de l'ordre dans ses idées, elle étouffe. Soudain sa respiration devient saccadée et bruyante. La crise de sanglot qui suit est si violente qu'elle la laisse pantelante.

Ayant vérifié son identité, les gendarmes lui avaient demandé si son mari s'appelait bien Alexandre Fauré. Elle avait acquiescé, étonnée par la question et assuré qu'elle avait été en contact téléphonique avec lui avant-hier soir. Généralement, lorsqu'il était en déplacement, il l'appelait en début de soirée. C'est vrai que la veille elle n'avait pas eu de nouvelles de sa part et n'avait pas réussi à le joindre, mais elle ne s'en était pas alarmée. Il arrivait qu'il ne téléphone pas lorsqu'il rentrait trop tard à l'hôtel.

Les fonctionnaires ne l'avaient pas rassurée quand ils l'avaient informée que son mari était recherché. Une plainte pour enlèvement et séquestration d'enfant avait été déposée à son encontre par une habitante de Meudon, la mère d'un garçonnet dont on était sans nouvelle depuis 48 heures. Interrogé, l'employeur d'Alexandre avait confirmé aux gendarmes qu'il ne s'était pas présenté sur son lieu de formation et que ce n'était pas son genre de ne pas prévenir.

Les enquêteurs ne pouvaient pas ou ne voulaient pas lui en dire plus. Ils lui avaient conseillé de ne surtout pas tenter de le contacter. Sa ligne téléphonique allait être mise sur écoute au cas où il l'appellerait et son domicile surveillé. Ils avaient refusé de répondre aux nombreuses questions qui se bousculaient dans sa tête. De quel enfant parlaient-ils ? Qui était la plaignante ? Elle et son mari ne connaissaient personne à Meudon. Il devait y avoir confusion. Un homonyme peut-être ?

Incapable de reprendre le volant, la jeune femme finit par appeler un taxi.

Il est à peine midi au moment où elle rentre. Ne se sentant pas d'affronter les petites à leur retour de l'école, elle prétexte un dîner important avec un client afin que leur grand-mère accepte de les récupérer et les garder cette nuit.

Elle est convaincue qu'Alex n'est pas l'auteur de ce rapt. Pourquoi aurait-il fait ça ? C'est un homme intègre, prévenant, attentif au bien-être de sa famille. Il adore ses deux blondinettes comme il les surnomme. Comment pourrait-il faire du mal à un enfant ? Alex avait toujours rêvé d'avoir un petit gars c'est vrai, de là à en kidnapper un !

La sonnerie de la porte d'entrée interrompt ses réflexions.

Deux enquêteurs se tiennent sur le palier.

Ce qu'ils lui révèlent va détruire ses espoirs et amplifier le cauchemar dans lequel elle est plongée.

Alex avait une double vie. Le garçonnet de 3 ans qui a disparu est son propre fils, même s'il ne l'a pas reconnu officiellement. La maman du petit a prouvé qu'il y avait cinq ans qu'Alex et elle étaient en couple. Elle ignorait, comme Véronique, qu'il avait une autre famille, néanmoins elle se doutait que quelque chose ne tournait pas rond.

Elle l'avait surpris en flagrant délit de mensonges à plusieurs reprises ces derniers mois. Elle avait évoqué leur séparation, ce qui avait déclenché une violente réaction de son compagnon qui ne voulait pas en entendre parler. Il était parti au milieu de la nuit, emmenant le gamin. Ne le voyant pas rentrer, elle avait prévenu la police.

En dépit des recherches lancées dès le lendemain, le véhicule et ses passagers n'avaient pu être retrouvés.

Véronique est abasourdie. Une double vie ! Elle refuse d'y croire. Elle l'aurait su ! Au fur et à mesure de l'avancée du récit des enquêteurs, elle prend conscience que l'homme de sa vie l'a trahie, pire il a trahi ses filles à qui il ne cessait de dire qu'elles étaient les prunelles de ses yeux. Il a menti à tous. Comment a-t-elle pu être dupe pendant toutes ces années ? Elle lui faisait entièrement confiance ! En une fraction de seconde, sa vie heureuse, si équilibrée, si protégée, vient de s'écrouler. Une peine incommensurable l'envahit.

Devant sa détresse les deux fonctionnaires l'invitent à contacter un proche pour venir la soutenir.

En milieu de soirée, un coup de fil l'avertit que le petit garçon a été retrouvé sain et sauf, Véronique est soulagée. Alex l'a déposé devant un poste de police. Son mari n'est pas un assassin. Il n'a rien commis d'irréparable. Elle se dit qu'il va pouvoir s'expliquer. Elle a tant besoin de comprendre !

Le lendemain matin, ses illusions s'envolent dès qu'elle apprend que l'enfant était porteur de deux lettres d'adieux, l'une adressée à son attention, la deuxième à l'attention de la mère du bambin. Alex implorait leur pardon, conscient du mal qu'il venait de leur faire, assurant qu'il les avait profondément aimées, ne pouvant se résigner à choisir l'une ou l'autre. Il demandait également pardon à ses filles.

Se sentant indigne d'eux, incapable de soutenir leurs regards à l'avenir, il préférait disparaître.

Son corps fut retrouvé deux jours plus tard au volant de son véhicule immergé dans un étang de la région parisienne.

Trois mois ont passé depuis l'inhumation d'Alex au cimetière d'Opio.

Une voiture immatriculée dans les Hauts-de-Seine vient de se garer sur le parking à l'entrée du village. Une jeune femme et un petit garçon en descendent. Véronique, entourée de ses deux petites, s'avance à leur rencontre.

23, rue du Couvent

La plupart des habitants de Castellane sont présents en dépit de la froidure du vent. Ils suivent à pied, à pas mesurés, le corbillard de Jean-Louis. Le boucher va être enterré dans le cimetière près du chemin de Notre-Dame. Ils sont nombreux à être venus en soutien de sa veuve Anne-Marie, car le mort n'était guère apprécié. Il avait 10 ans de plus qu'elle et n'avait pas cessé de la tromper dès le début de leur mariage. C'était un coureur de jupons invétéré. Il avait été rattrapé par ses excès. Suite à un AVC qui l'avait laissé en partie paraplégique l'année précédente, une deuxième attaque avait eu raison de lui.

Anne-Marie, âgée de 45 ans, avait toujours fermé les yeux. Elle s'était consacrée à ses deux fils corps et âme et avait secondé son mari à la boutique sans rechigner. L'année dernière, elle avait même embauché un boucher qui suppléait à l'absence de son mari.

Certains la considéraient comme une sainte. Elle, élevée dans un milieu catholique, très conservateur, avait suivi les préceptes enseignés par les religieuses de son école privée. Elle s'était mariée très jeune, à 18 ans, et retrouvée enceinte coup sur coup les deux années suivantes. Elle ne connaissait rien à la vie de couple. Naïve, obéissante, son mari l'avait modelée à sa guise.

Elle l'avait toujours défendu, car même s'il lui était infidèle, sur le plan financier elle ne manquait de rien et avait toujours pu gâter ses garçons comme bon lui semblait.

En revanche, sa vie affective était un immense désert. Après la naissance du deuxième bébé, Jean-Louis s'était détourné d'elle. Elle avait à peine 21 ans.

Pendant six ans, elle avait partagé son temps entre ses gamins et la boucherie où elle tenait la caisse. Elle avait peu de loisirs. Son seul luxe était le jardin de la maison familiale. Dès qu'elle avait un moment, c'est là qu'elle se ressourçait. Elle adorait la nature.

Et puis il y avait eu le bal des pompiers. Ce 14 juillet 1971, elle avait accompagné son mari à la salle des fêtes où l'ambiance était festive.

Très vite Jean-Louis s'était éclipsé en début de soirée aux bras d'une de ses nouvelles conquêtes et Anne-Marie s'était retrouvée seule, désemparée au milieu des fêtards.

Elle avait alors croisé les yeux verts du jeune homme qui venait de l'inviter à danser et leurs regards ne s'étaient plus lâchés.

Ils avaient passé une partie de la nuit ensemble à s'agiter sur la piste, boire de la bière, rire aux éclats comme deux adolescents. Son cœur s'était emballé au contact des bras puissants du danseur. Pour la première fois, la jeune femme s'était sentie légère, comme libérée.

Lorsqu'il l'avait embrassé, elle avait fondu.

Elle ne savait pas grand-chose de lui. Il se prénommait Serge. Il était en vacances, une quinzaine de jours, en compagnie de copains dans un camping au bord du Verdon. Il n'habitait pas la région, travaillait comme cuisinier dans un restaurant à Bordeaux. À 24 ans, il vivait encore chez sa mère.

Ils avaient réussi à se revoir cinq ou six fois, en cachette. Même brèves, leurs rencontres avaient été enflammées. Leurs liens s'étaient resserrés au fil des jours et la séparation avait été un déchirement.

N'ayant comme seul moyen que le courrier pour correspondre, il lui avait laissé son adresse à Bordeaux au cas où elle accepterait de rester en contact avec lui. Elle lui avait donné l'adresse de sa meilleure amie, la seule en qui elle avait confiance.

Pendant deux mois, elle lui avait écrit des lettres auxquelles il n'avait jamais répondu malgré sa promesse. Désemparée, elle avait fini par renoncer. C'était l'unique fois où elle avait fait une entorse au contrat de mariage.

En observant le cercueil descendre dans le trou creusé par les fossoyeurs, Anne-Marie sent les larmes couler sur son visage frigorifié.

Ses deux fils se serrent contre elle, la soutenant du mieux qu'ils peuvent. Elle sait qu'ils ne vont pas s'attarder. Ils ont quitté le village trois ans auparavant, aucun n'ayant souhaité reprendre la boucherie. Elle va se retrouver seule et devoir assumer l'ensemble des démarches, car elle est décidée à vendre le commerce. Elle ne supporte plus l'odeur de la viande. Cet environnement sanguinolent lui donne des nausées.

Elle pleure, non pas la disparition de son mari qui ne lui inspirait plus de sentiments depuis longtemps, elle pleure sur elle-même. Elle, qui a toujours rêvé d'espaces marins et de grand air, a la sensation d'avoir vécu plus d'un quart de siècle en prison.

Elle a pris sa décision. Elle va quitter la région et refaire sa vie ailleurs.

Très vite, grâce à ses relations, le maire lui a trouvé un stage de fleuriste dans une jardinerie près de Royan d'où il était originaire.

Anne-Marie y a dégoté un charmant deux-pièces donnant sur l'océan. Elle part s'y installer, avec un sentiment de totale liberté.

Les premiers mois suivant son arrivée, elle s'investit avec délice dans l'univers odorant des fleurs et des plantes. Elle travaille d'arrache-pied, avide d'apprendre. Très vite, elle devient indispensable. Les clients fidèles la réclament à chacune de leurs visites. Anne-Marie s'est métamorphosée. La timide caissière de la boucherie a laissé place à une fleuriste avenante et créative. Elle se rend aussi disponible que possible, souvent volontaire lorsqu'il s'agit de faire des heures supplémentaires. Son patron, très satisfait, n'a pas hésité à l'embaucher. Très appréciée de ses collègues, elle fait partie intégrante de l'équipe.

Au fil des semaines, elle a appris à découvrir le patrimoine culturel et les domaines viticoles de la région bordelaise.

Et puis il y a ce matin de septembre.

En visite à Bordeaux, elle se retrouve par hasard au milieu d'une jolie ruelle. En découvrant son nom, son cœur se met à battre plus fort. Ses pas la guident jusqu'à l'entrée d'une ancienne bâtisse, au numéro 23.

23, rue du couvent. Combien de fois avait-elle couché cette adresse sur les enveloppes parfumées choisies à son attention ? Les souvenirs de leurs étreintes vingt ans plus tôt lui reviennent en mémoire, son sourire, ses yeux clairs. Elle reste un moment immobile devant la porte close, n'osant pas sonner. Pourtant, des frissons l'ont parcourue au moment de déchiffrer le patronyme sur l'étiquette défraîchie de la boîte aux lettres : O. Lalanne. Odette c'était le prénom de la mère de Serge.

Bouleversée, elle fait demi-tour et s'installe à la terrasse d'un café non loin de là. De son poste d'observation, elle a une vue directe sur l'entrée de l'habitation. Elle entame son 2e expresso quand elle aperçoit une septuagénaire, un chariot de courses à la main, s'arrêter devant l'entrée et récupérer le courrier dans la boîte aux lettres.

Anne-Marie se lève d'un bond, ramasse son sac, laisse l'appoint sur la table et file en direction de la femme. Elle l'aborde avant qu'elle ne pénètre à l'intérieur du bâtiment.

Très méfiante Odette, car il s'agit bien d'elle, lui fait répéter plusieurs fois son prénom.

« Anne-Marie ? Une amie de mon fils ? En 1971 ? » Elle reste un long moment, silencieuse, tout en la détaillant de la tête au pied, la mettant mal à l'aise. Mais soudain Odette pâlit et murmure « Annette, vous êtes Annette ! »

Anne-Marie tressaute. Personne d'autre que Serge ne l'avait jamais surnommée ainsi. Elle acquiesce d'un mouvement de tête.

Fébrile, Odette ouvre grand la porte et l'invite à entrer.

Deux heures plus tard, Anne-Marie sort du 23 rue du couvent, ébranlée par ce que vient de lui révéler la mère de Serge.

Son amoureux ne risquait pas de répondre à ses lettres, et pour cause ! Odette avait récupéré les missives au fur et à mesure de leur arrivée pendant deux mois, sans rien dire à Serge.

Comme preuve, elle les avait sorties d'une ancienne boîte à gâteaux dissimulée dans l'armoire de sa chambre. Aucune d'entre elles n'était décachetée, elles étaient intactes.

Les yeux embués, la vieille dame lui avait expliqué qu'à l'époque elle venait de perdre son mari. En voyant Serge si heureux à son retour de vacances, elle avait deviné qu'il était tombé amoureux bien qu'il n'ait donné aucun détail sur sa rencontre avec la jeune fille, si ce n'est qu'elle se prénommait Annette. Les lettres lui avaient confirmé son intuition. Elle avait eu si peur qu'il ne quitte le foyer qu'elle avait escamoté le courrier se promettant de lui rendre plus tard.

Elle l'avait vu sombrer peu à peu dans la mélancolie et c'étaient ses copains toujours présents qui l'avaient aidé à reprendre goût à la vie.

Les mois, les années s'étaient écoulés sans qu'elle ne lui en touche un mot. Elle avait tellement retardé le moment de lui avouer sa trahison qu'elle n'avait plus osé lui en parler. Elle avait trop honte.

À la trentaine, il avait rencontré une jeune bordelaise qu'il avait épousée. Malgré l'arrivée d'une fillette, le couple s'était séparé après seulement quatre ans de vie commune.

Serge avait quitté Bordeaux dix ans en arrière. Il vivait sur l'île d'Oléron où il avait ouvert son restaurant.

Odette lui a fourni les coordonnées de Serge en l'incitant à aller le voir.

Quelques jours de réflexion n'ont pas suffi à Anne-Marie qui n'a toujours pris aucune décision. Elle se dit que trop d'années ont passé et qu'il a dû l'oublier. Elle préfère se concentrer sur son travail et se consacrer à ses clients, comme cet homme qui vient de la faire appeler au rayon « produits du terroir ». Quand elle se présente, il se retourne lentement vers elle. Il tient une boîte en fer dans ses mains. Elle plonge son regard dans ses yeux verts et la magie opère à nouveau comme le soir du bal des pompiers.

Arrêt sur image

Les amis arrivent les uns après les autres, les bras chargés de cadeaux. Ce soir, Anne a organisé une jolie fête comme elle seule sait le faire. Mathieu, son mari, fête ses cinquante ans. Ils ne seront que huit à vivre ce moment important, leurs amis intimes avec qui ils partagent les bons et parfois les mauvais moments. Ils se connaissent depuis les bancs de l'université. Tous ont bien réussi professionnellement parlant ce qui leur permet d'avoir une vie plutôt confortable. Certains d'entre eux ont eu plus de facilités que d'autres qui ont dû trimer davantage, cependant ils sont tous conscients aujourd'hui de faire partie des privilégiés.

Anne espère que cette soirée permettra à Mathieu de se détendre. Elle le trouve particulièrement absent ces derniers temps, voire éteint. Il a essayé de la rassurer en lui disant qu'il avait quelques soucis d'ordre professionnel, mais elle doute. Il est devenu si distant avec elle qu'elle se demande s'il n'y a pas une autre femme dans sa vie.

Vis-à-vis du groupe de copains, il donne toujours le change. Cependant, même s'il continue à faire le clown et à raconter ses blagues, qui parfois ne font rire que lui, tous ont perçu un malaise. En dépit de leur proximité, aucun d'entre eux n'a réussi à recueillir ses confidences. Est-ce le fait de devenir quinquagénaire qui l'inquiète ?

Après avoir pris l'apéritif dehors sous le patio, un punch maison, dont la maîtresse des lieux a le secret, ils sont tous rentrés se mettre au chaud. On a beau être au printemps, les soirées sont encore fraîches.

Anne a préparé un buffet, elle trouve ça plus convivial. Chacun se sert à volonté, se sent libre de discuter avec qui il veut ou d'aller se déhancher sur la piste de danse improvisée, au son des tubes qui défilent sur la sono.

Le groupe d'amis est en train de visionner un diaporama de leurs dernières vacances communes quand un coup de sonnette intempestif retentit à la porte d'entrée. Mathieu fait un arrêt sur image, une photo sur laquelle on le voit d'ailleurs debout sur une table, faisant le pitre. Anne jette un coup d'œil à la pendule. Il est presque minuit. Elle sait que ça ne peut pas être un voisin irrité par le bruit, car leur mas provençal est suffisamment isolé du hameau afin que les fêtes ne dérangent personne.

Un des copains qui se trouve près de l'entrée à ce moment-là déverrouille la porte. Au moment où il l'entrouvre, il est propulsé en arrière par quatre individus qui pénètrent violemment dans la pièce. Vêtus de noir de la tête au pied, cagoulés, ils sont lourdement armés. Ils forcent le groupe à s'allonger par terre, les mains sur la tête et isolent le couple de propriétaires. Ils sont très organisés et semblent connaître les lieux. Les ordres claquent. Pendant que deux membres du commando tiennent en respect leurs amis, Anne et Mathieu sont conduits par celui qui semble être le chef de bande jusqu'au coffre dans leur chambre. Ils n'ont d'autre choix que de lui fournir le code.

Hormis une enveloppe et quelques bijoux sans valeur, le coffre est vide. Mathieu ne semble pas surpris.

L'homme s'énerve « Où sont les bijoux, le fric ? » Il moleste Anne, la saisit par les cheveux, lui met un révolver sur la tempe et hurle « Si je n'ai pas l'argent dans 10 secondes, je lui fais péter la cervelle ». Anne est tétanisée par la peur, incapable du moindre geste.

Mathieu tente de s'interposer, mais il reçoit un coup de crosse au creux des reins qui le projette à genoux. « 10, 9, 8… » le gangster a démarré le décompte. Mathieu se relève péniblement. « Je vais vous guider à l'autre coffre », ânonne-t-il en reprenant difficilement son souffle. « S'il vous plaît, laissez ma femme tranquille ».

L'homme lâche brutalement Anne qui s'affale sur le sol aux pieds du deuxième membre du commando.

Mathieu s'approche d'un petit secrétaire, ouvre un tiroir secret et en extrait une clef sécurisée qu'il tend à l'homme qui le braque. Au moment où celui-ci se penche pour récupérer la clef, Mathieu le saisit par la manche. Utilisant l'énergie créée pour tordre le bras armé de son agresseur, il réussit à le faire tomber et à lui prendre l'arme des mains.

Malheureusement, il a à peine le temps de constater que ses réflexes d'ancien judoka sont encore intacts qu'une balle l'atteint en plein front.

Le deuxième malfrat témoin de la scène a perdu son sang-froid et tiré. La panique s'empare alors de la bande dont l'apparente assurance se dégonfle comme un ballon de baudruche. En quelques minutes les quatre hommes disparaissent aussi vite qu'ils avaient fait irruption.

Lorsque les secours arrivent, ils ne peuvent que constater le décès de Mathieu. Anne est effondrée. Même si elle sait que son mari a pris un énorme risque dans le but de la protéger, son geste suicidaire l'interpelle. À l'époque où il faisait du judo, il lui répétait souvent que jouer les héros ne servait à rien face à un homme armé. Certainement que mis en situation on ne raisonne plus de la même façon, néanmoins cela ne lui ressemblait pas.

Quelques jours plus tard, c'est son médecin de famille qui lui apportera la réponse. Mathieu souffrait d'un cancer foudroyant et se savait condamné à très court terme. Il avait prévenu le praticien qu'il refuserait tous les soins inhérents à son état et qu'il ne révélerait sa maladie à son entourage que lorsqu'il se sentirait prêt.

Les quatre malfaiteurs furent très vite identifiés, l'un d'entre eux étant un chauffagiste venu réparer la chaudière du couple en début d'année. La nouvelle de leur arrestation soulagea le quartier, mais n'atténua en rien l'immense chagrin d'Anne et son sentiment de culpabilité de n'avoir rien deviné de la maladie de son mari.

Voyage en Cappadoce

Dorothée et ses trois amis quinquagénaires viennent de récupérer leurs bagages. Ils rejoignent le groupe avec lequel ils vont passer quelques jours en Cappadoce, région réputée pour ses grandes formations rocheuses en forme de cônes présentes dans la vallée des Moines.

L'atmosphère est détendue, les gens sont joyeux.

Ils passent leur première nuit au sein d'un hôtel quatre étoiles. Après avoir dîné et fait la connaissance d'un charmant couple de Marseillais qui semble très amoureux, les vacanciers regagnent leur chambre.

Le lendemain au petit déjeuner l'ambiance est digne de celle d'une colonie de vacances. Les rires fusent de toute part, les participants sont excités comme des gamins.

Le groupe embarque accompagné de leur guide dans un bus qui, de prime abord, ne semble pas de première jeunesse.

Quatre heures de route les attendent avant de parvenir à Göreme en Cappadoce.

Les quatre amis ont investi les places à l'avant du bus de chaque côté de la rangée principale. Le couple d'amoureux s'est installé sur les sièges derrière Dorothée. Les deux quadragénaires n'arrêtent pas de se « bécoter » comme des adolescents et d'échanger de doux qualificatifs. Apparemment ils sont ensemble depuis peu.

Le bus a attaqué de façon poussive la montée vers un col de montagne où une pause restauration est prévue. À quelques kilomètres du lieu-dit, une alarme se déclenche. Étrangement ni le guide ni le chauffeur n'ont l'air d'y prêter vraiment attention.

Dorothée, inquiète, se penche vers eux et les interroge. Ils ne la rassurent pas en lui répondant que ça concerne les freins. Le car continue sa route pendant 500 mètres environ avant de stopper sur le bas-côté.

S'en suivent quelques minutes de palabres par téléphone entre le guide et un responsable des autocars et la sentence tombe. Impossible de repartir, il faut prendre son mal en patience et attendre le véhicule de remplacement.

Une partie du groupe descend se détendre les jambes ou satisfaire un besoin naturel.

Pendant ce temps, dans le bus, un « mélodrame » se prépare au sein du couple de tourtereaux.

Au moment où son compagnon sort prendre l'air, son amie jette un coup d'œil à un message qui vient de parvenir sur son portable, portable qu'il a laissé bien imprudemment sur son siège.

Lorsqu'il regagne sa place, elle l'accueille vertement avant de lui fait une scène de jalousie digne de ce nom. Ils sont si peu discrets que leur entourage comprend très vite que le texto reçu provient d'une jeunette de 18 ans qui lui a écrit « Tu me manques déjà ». Lui, essaie de dédramatiser la situation, mais à chaque fois qu'elle, semble se calmer, c'est pour mieux repartir à l'attaque. Son vocabulaire méditerranéen est plutôt imagé, qualifiant la jeune fille de cagole et grognasse et son compagnon de branquignole, tête d'ail et jobastre. Dorothée et ses trois amis, témoins de l'échange, ne peuvent s'empêcher de pouffer de rire.

Entre chaque accalmie, Dorothée mime un clap de fin et murmure Acte 1, scène 1, Acte 1, scène 2… Le mélodrame est interrompu lorsque le nouveau bus arrive. Les deux amoureux ne se parlent plus. Ils ne s'assoient plus côte à côte et ne partagent plus la même table au moment du déjeuner.

Quel dommage de ruiner ainsi un si joli voyage !

De son côté le quatuor en prend plein les yeux. Dorothée sent l'émotion l'étreindre quand, à la sortie d'un virage, elle découvre les cheminées de fées si caractéristiques du paysage. C'est une pure beauté. Les terres aux couleurs ocre et poudrées renferment de véritables œuvres d'art naturelles. Entre les maisons troglodytes sculptées conjointement par l'érosion et par l'homme et les sites rupestres, Dorothée et sa bande engrangent des images qui resteront toujours imprimées dans leur mémoire.

Seul l'ex-couple d'amoureux ne semble pas être à l'unisson. Ils traînent leur mal-être comme deux âmes en peine. Ils ne rentreront pas à Marseille avec les mêmes souvenirs. Quel gâchis !

Ce matin le groupe est sur le départ de la dernière excursion.

Tous se retrouvent au brunch, tous sauf les deux Marseillais.

Inquiète, Dorothée alerte le guide. La réception a beau les appeler par téléphone, personne ne décroche. L'accompagnateur la suit lorsqu'elle décide de monter frapper à la porte de leur chambre. Un silence absolu règne à l'intérieur. Persuadée qu'il est arrivé un drame, elle se met à tambouriner de toutes ses forces.

Quelques minutes s'écoulent avant qu'elle n'entende quelqu'un se manifester. Dans l'encadrement de la porte de la chambre qui s'entrouvre, la tête hirsute du quadragénaire apparaît. Les joues et les paupières gonflées, les yeux cernés il semble hébété. Il empeste l'alcool. Dorothée le repousse vivement et entre dans la pièce. La scène qui s'offre à ses yeux est dantesque. La chambre est sens dessus dessous. Il y règne un véritable capharnaüm au milieu duquel, étrangement, seul le lit fait au carré est resté immaculé.

Allongée par terre, à moitié nue, une forme féminine gît au milieu d'un fatras de vêtements, chaussures, verres et bouteilles. Dorothée se précipite, persuadée que la jeune femme est morte. Au moment où elle se penche sur elle, le cadavre supposé se met à remuer et murmure d'une voix pâteuse : « Quelle nuit, chéri ! Je veux bien un café ».

Le collectionneur

Stanislas raccroche le téléphone. Un large sourire illumine son visage.

Son ami Victor, commissaire-priseur dans une grande maison d'enchères parisiennes, vient de lui confirmer la nouvelle qu'il attendait. Un an après le décès de Johnny, son idole, la vente aux enchères d'objets lui ayant appartenu va bien avoir lieu le 20 octobre prochain, dans moins d'un mois.

Parmi les souvenirs proposés figure la fameuse veste du créateur Yves St-Laurent que le chanteur a porté lors d'un concert en 1971 au Palais des Sports de Paris. Stanislas rêve d'acquérir cette veste qui manque cruellement à sa collection.

Dès qu'il avait été en âge de fréquenter les salles d'enchères, son grand-père, brocanteur, l'avait entraîné avec lui. Au début il y allait par curiosité puis peu à peu il s'était pris au jeu. Admirateur de Johnny, il avait commencé très jeune une accumulation d'objets autour du chanteur. Plutôt modeste au départ, des tickets d'entrée et des programmes de concerts, des posters dédicacés, des gobelets à l'effigie du chanteur, des disques… il avait au fil du temps et surtout de ses moyens agrandi sa collection.

Aujourd'hui, à 54 ans, il possédait un éventail impressionnant de pièces et quelques raretés très recherchées.

Travailleur acharné, particulièrement créatif, il s'était fait un nom dans le milieu de la publicité. Absorbé par son activité, vivant à cent à l'heure, ce célibataire endurci s'octroyait peu de loisirs, mais conservait intacte sa passion dévorante pour son idole.

Dans sa villa sur les hauteurs de Cannes, une pièce de 50 m2 abritait l'ensemble de ses trésors. Seuls ses intimes y avaient accès.

Excité comme un enfant, Stanislas se précipite sur son agenda. Il encercle immédiatement en rouge la date du 20 octobre, inscrivant en gros VENTE AUX ENCHÈRES JOHNNY/DROUOT.

Dans la foulée il contacte sa secrétaire et lui indique de prévoir les billets d'avion et chambres d'hôtel nécessaires et de reporter les rendez-vous prévus à cette période. Il tient à assister physiquement à cette vente.

Avant de raccrocher, son assistante en profite et lui rappelle son bilan annuel chez son cardiologue en fin de semaine.

Stanislas a un planning toujours surchargé, cependant étant hypocondriaque il ne rate en aucun cas ses rendez-vous médicaux. En dépit de sa vie stressée, il a la chance d'avoir une santé de fer.

Le vendredi suivant il se rend à Cannes chez son spécialiste.

En sortant du parking Commandant Lamy dans lequel il loue une place à l'année, il passe devant un groupe de SDF en train de faire la manche. Même s'il les connaît, il n'a pas le loisir de s'arrêter et les saluer, car il est déjà en retard. Il remarque juste que le groupe est plus étoffé que d'habitude.

Il est à peine midi quand Stanislas, rassuré, ressort du cabinet médical.

Exceptionnellement, il décide de s'accorder une pause avant sa prochaine rencontre professionnelle de 14 h 30 à Antibes.

Il s'installe à la terrasse d'une brasserie proche du parking, commande une assiette de petits farcis et un verre de vin rouge.

Il se surprend à penser à ses grands-parents auprès desquels il a passé une partie de sa vie, après le décès accidentel de sa mère alors qu'il n'était âgé que de 8 ans. Son père étant absorbé par son métier de VRP c'était mémé Lucie qui s'était occupée de lui. Mémé Lucie, surnommée la reine des « Lu Farcit Nissart » et de « la torta de blea » !

Les années avaient défilé à la vitesse du vent, ses aïeuls avaient rejoint leur fille dans l'autre monde et son père, remarié à une charmante Bretonne, coulait des jours heureux à Trégastel sur la Côte d'Armor.

Stanislas, quant à lui, n'avait aucune expérience de la vie en couple. Il avait croisé la route de beaucoup de femmes, cependant, à son corps défendant, aucune n'avait réussi à retenir l'homme pressé qu'il était. Il se disait que c'était mieux ainsi, il n'aurait pas su la rendre heureuse. Son seul regret était de n'avoir pas de descendance.

Revenant à la réalité qui l'entoure, le publicitaire observe de loin le manège de la petite bande de SDF installée sur le square face au parking. Il se souvient de la première fois où il s'était arrêté près du groupe. Lorsqu'il leur avait demandé comment il pouvait les aider, l'un d'entre eux avait répondu en souriant « en prenant le temps de discuter quelques minutes avec nous, comme vous le faites ».

Stanislas est intrigué par une silhouette assise à même le sol qui semble dessiner sur le trottoir. Il finit par appeler le serveur, règle son addition et se dirige vers les sans-abri.

À sa vue, Gégé, un habitué, le hèle : « Bonjour Monsieur Stan, venez qu'on vous présente notre nouvel artiste ».

Stanislas découvre un jeune homme frêle, les cheveux en bataille, vêtu d'un jean troué et d'un tee-shirt aux couleurs délavées. Il est si concentré sur son œuvre qu'il n'a pas remarqué qu'un nouveau spectateur l'observe.

Un seul coup d'œil permet au professionnel de juger du talent du dessinateur. C'est indéniable, le gamin est doué.

Son dessin à la craie représente un clown triste. Stanislas est frappé par l'émotion qui se dégage du portrait.

Après 10 minutes le jeune homme relève enfin la tête et engage la conversation avec lui.

Stanislas apprend qu'il est âgé de 25 ans et se prénomme Corentin. Il se retrouve à la rue depuis peu. Un accident de scooter l'a cloué deux mois sur un lit d'hôpital. Il n'a pu reprendre son emploi en CDD de gardien de musée, n'étant plus en mesure de rester debout trop longtemps ni d'effectuer les rondes prévues.

Quelques mois plus tard, sans véritable revenu, couvert de dettes, il n'a eu d'autres choix que de quitter son logement. Stanislas le sent fragile et un peu paumé au milieu de ce clan qui l'a adopté.

Il s'attarde encore quelques minutes auprès d'eux, mais le monde des affaires est sans pitié et la sonnerie de son portable lui rappelle qu'il a des engagements.

Il file vers le parking afin de récupérer son véhicule.

Un mois plus tard, le collectionneur se retrouve dans la salle des enchères, le 20 octobre 2018. Il ne tient plus en place.

La veille il est resté au moins vingt minutes à détailler la fameuse veste qu'il convoite. Elle brillait de tous ses feux. En satin bleu pétrole, entièrement brodée de sequins polychromes à décor d'étoile et d'un important soleil rayonnant au dos, la tenue avait été commandée spécialement à Yves Saint Laurent pour l'artiste.

Il sait que les enchères risquent de s'envoler, car ils sont plusieurs sur le coup. Il veut cette veste et il est prêt à y mettre le prix.

La vente vient de débuter. Les fans de Johnny ayant le moins de moyens se battent en espérant obtenir un ou deux objets parmi tous ceux mis en vente. Stanislas ne s'intéresse pas à ces lots. Le seul qui a grâce à ses yeux aujourd'hui est le dernier.

L'assistant du commissaire-priseur présente la pièce, Stanislas sent l'adrénaline monter en lui.

L'adjudicateur, marteau en main, annonce une mise à prix de départ de 5000 €.

La bataille est lancée, les propositions fusent de toute part, au téléphone et en salle. La somme de 12 000 € est très vite atteinte puis les enchères marquent le pas. Ils ne sont plus que trois en lice : Stanislas ainsi que deux concurrents en ligne.

Les deux inconnus au téléphone s'accrochent. À 18 000 €, Stanislas serre les dents, à 20 000 € il prend conscience que ça devient indécent, quand on aime on ne compte pas, se dit-il.

Un des deux concurrents abdique. Ils ne sont plus que deux à se disputer le trophée. « 25 000 € au téléphone », indique le commissaire-priseur en se tournant vers Stanislas. Ce dernier semble comme absent. Il se tasse sur sa chaise et fixe la veste comme s'il voyait un fantôme. Le visage de Corentin avec son sourire triste et un air de reproche lui est apparu soudainement, le mettant mal à l'aise.

Stanislas ne dit plus un mot, secoue la tête négativement lorsque l'adjudicateur insiste… Une fois, deux fois, trois fois, adjugé… À 16 h 10, la veste disparaît du champ de vision du collectionneur.

Alors que la salle se vide peu à peu, Stanislas reste prostré sur son siège. Que lui est-il arrivé ? Son rêve à portée de main vient de lui échapper. Il va repartir bredouille, tout ça à cause d'une hallucination.

Profondément perturbé, le collectionneur appelle immédiatement sa collaboratrice et lui demande de prendre rendez-vous chez son généraliste au plus vite. Il a peut-être une tumeur au cerveau ! Celle-ci le rassure et en profite pour l'informer que Sylvain, un des dessinateurs, vient de démissionner. L'annonce laisse Stanislas pensif.

Une semaine plus tard, de retour à Cannes, fidèle à ses habitudes, le publicitaire gare sa voiture au parking Lamy. Il repère le groupe de SDF et fonce vers eux afin de les saluer.

Il cherche des yeux le gamin ayant une idée bien précise en tête.

« Corentin n'est pas là » ? demande-t-il.

Gégé secoue la tête : « Non, il nous a quittés la semaine dernière ».

« Il a trouvé du boulot ? » s'enquiert Stanislas.

Gégé semble abattu.

« Non, il s'est donné la mort, samedi dernier vers 16 h ».

Adieu, nostalgie

Il est 17 h 30 ce vendredi 1er mars lorsqu'Emeric, célibataire de 34 ans, sort de son bureau de Nice-Arénas. Employé d'un important groupe bancaire en région parisienne pendant douze ans, il a enfin obtenu en septembre une réponse favorable à sa demande de mutation dans le Sud, sa région natale. Fait du hasard, cela lui a permis de se rapprocher de sa mère Jeanne, veuve depuis le printemps dernier, le père du jeune homme étant décédé brutalement d'un infarctus. Le choc a été immense pour la famille, d'autant plus que l'homme n'avait eu aucun antécédent cardiovasculaire.

Avant de rentrer chez lui à la Colle sur Loup, Emeric a prévu de rendre visite à sa mère dont il est très complice, afin de s'assurer qu'elle va bien. C'est un rituel, il passe la voir chaque fin de semaine à Cagnes/Mer.

Elle a prévu une sortie en bord de mer ce week-end, entourée d'un groupe d'amis, ce qui réjouit le jeune homme. Suite au décès de son mari, Emeric craignait que Jeanne, âgée de 66 ans, ne se renferme sur elle-même. Il avait été son grand amour et l'unique homme de sa vie. Après 48 ans de vie commune, son absence avait créé un terrible vide au quotidien.

Son fils est rassuré de constater que depuis quelques semaines, elle a quitté sa mine tristounette faisant à nouveau des projets. Elle fait partie d'un club de randonnée pédestre et s'est enfin octroyé le plaisir de s'inscrire à un cours de danses de salon. Les piètres performances de son conjoint dans ce domaine l'avaient toujours empêché de le faire.

Exceptionnellement il décline son invitation à dîner, ne s'attarde pas et file se changer chez lui, car il a un rendez-vous un peu particulier ce soir.

À son arrivée sur la Côte, le jeune homme a revu ses anciens copains avec qui il était toujours en contact. La plupart sont en couple, certains ont déjà des enfants. Emeric a eu quelques histoires sentimentales, mais il n'a pas encore rencontré « la femme », celle qui lui donnerait l'envie de faire plus que quelques pas auprès d'elle dans la vie. Où peut-être l'avait-il rencontrée trop tôt ? Entre 18 et 20 ans, il avait été très amoureux d'une copine de classe, Elsa. Malheureusement, la jeune fille le considérait comme un ami et avait toujours gardé ses distances. Quand il avait appris ses fiançailles, il avait tourné la page en quittant la région et n'avait plus jamais entendu parler d'elle.

Aujourd'hui son cœur bat pour une jeune Française installée en Italie. Elle vit en Toscane. Ils ont prévu de se retrouver une semaine au moment des fêtes pascales à Florence avant qu'elle ne rentre définitivement en France prendre un poste de chef de réception au sein d'un célèbre hôtel cannois. Ils se sont connus sur un vol Paris-Nice. Lui descendait passer un dernier entretien dans le cadre de son futur job, elle venait également rencontrer de futurs employeurs potentiels. Le destin les avait mis côte à côte pendant le trajet. Emeric toujours très discret et pudique sur ses relations amoureuses n'en a parlé à personne, pas même à sa mère qu'il ne veut pas perturber avec ce bonheur récent.

Quinze jours plus tôt, il a été contacté par un copain qui organise une soirée réunissant des anciens de leur promotion. Emeric n'a pas hésité. 12 ans qu'il n'a pas vu certains d'entre eux. Il se fait une joie de les revoir.

Ils se retrouvent tous avec grand plaisir. Le jeune homme les reconnaît sans peine, soulagé de voir qu'après tant d'années la plupart n'ont pas changé, malgré quelques silhouettes alourdies par les kilos et quelques crânes dégarnis par le temps.

Au moment même où le son cristallin de son rire retentit, Emeric comprend qu'il n'a pas vraiment tourné la page. La jeune femme ne l'a pas vu arriver. Il hésite un instant, se reprend et s'approche d'elle lentement.

Elsa l'accueille tout sourire, lui plante un baiser sur chaque joue, s'exclame « Tu n'as pas changé » et reprend sa conversation avec une jolie fille qui l'accompagne. Le jeune homme est déconcerté. Elle ne l'a même pas présenté. Il s'éloigne afin de l'observer à loisir. Les années l'ont embellie. Malgré sa coupe courte à la garçonne, elle a gardé un visage juvénile et son allure frêle. Sa fragilité c'est ce qui la rendait émouvante à ses yeux à l'époque. Il est un peu déçu par la réaction d'Elsa et son manque d'enthousiasme. Que croyait-il ? Qu'elle allait lui sauter au cou en lui avouant qu'elle l'attendait depuis des années ? A-t-il oublié que son amour était à sens unique ?

Il détache ses yeux de la jeune femme et croise le regard de son copain qui l'a rejoint discrètement. « Tu aurais imaginé cela d'elle ? ». L'air interrogatif d'Emeric le pousse à poursuivre. « Elle est en couple avec la jeune femme à ses côtés ». Emeric reste silencieux. Il ne semble pas surpris. En repensant au passé, l'évidence s'impose à lui.

Il est heureux de l'avoir revue. Il va enfin pouvoir tirer un trait sur ce fantasme d'étudiant et se tourner vers l'avenir.

Trois mois se sont écoulés. Aujourd'hui est un jour important. Il réserve une surprise à sa mère qui doit le rejoindre accompagnée de sa meilleure amie dans un restaurant réputé sur le port du Cros de Cagnes. Il va lui présenter son nouvel amour. Le jeune homme est un peu nerveux même s'il ne doute pas que les deux femmes de sa vie vont s'apprécier.

Ce qu'il n'a pas imaginé c'est qu'elle arrive au bras d'un élégant septuagénaire aux cheveux blancs.

Quand les regards du fils et de la mère se croisent, chacun découvre dans les yeux de l'autre le reflet de son propre bonheur.

Cesarina

Comme chaque matin, Cesarina, 85 ans, promène sa silhouette frêle à travers les rues du village. Elle vit un peu à l'écart dans une ancienne bâtisse héritée de ses parents.

La vieille dame, encore bon pied, bon œil, a une passion : les chats. Est-ce pour combler un vide ? Après la disparition de son mari Albert, elle en a recueilli des dizaines chez elle qu'elle a soignés avec patience et amour. Elle s'enorgueillit également d'une collection conséquente de figurines de ses félins préférés. Elle permet parfois aux enfants de venir les admirer en les prévenant toutefois de ne toucher qu'avec les yeux.

Au sein de ce joli hameau reculé de l'arrière-pays niçois, il y a peu de commerces. Seule une supérette tenue par un couple de quinquagénaires a résisté à la désertification rurale. Le sourire aux lèvres Cesarina pousse la porte de la boutique, déclenchant un petit grelot qui avertit le commerçant. Ferdinand se précipite et accueille chaleureusement sa fidèle cliente qui fait ses courses quotidiennement.

Aujourd'hui la vieille dame a prévu de faire l'une de ses spécialités, des beignets de fleurs de courgettes. Grâce à son potager, elle a toujours des légumes à portée de main. Elle vient juste acheter un paquet de farine. Elle a terminé le sien hier en se faisant quelques crêpes. Elle adore cuisiner. Elle excelle dans ce domaine et Ferdinand le sait bien, car il a déjà goûté ses succulents raviolis en daube, ses copieuses lasagnes épinard-ricotta, sa fameuse pizza quatre fromages et son très renommé tiramisu. D'origine italienne c'est sa « Mama » comme elle dit qui lui a tout appris quand elle était jeune.

Aucun villageois n'a échappé à ses petits plats goûteux, car, généreuse, Cesarina prépare toujours de grosses quantités. C'est sa façon à elle de donner de l'amour.

D'ailleurs on fait systématiquement appel à elle au moment du festin du village, qui va avoir lieu d'ici deux semaines comme le lui rappelle Ferdinand.

Les yeux de l'octogénaire en pétillent d'impatience. Elle adore cette ambiance. Jeune fille, elle manquait rarement le bal du festin. C'est à cette occasion qu'elle avait rencontré celui qui allait devenir son mari.

Le couple n'avait pratiquement pas quitté la région à l'exception de deux ou trois séjours en Italie dans la famille maternelle. Son mari avait disparu seize ans auparavant en automne. Parti faire une balade en montagne, en solitaire, comme il en avait coutume, il n'en était pas revenu. Malgré l'énorme dispositif de recherche mis en place par le peloton de gendarmerie de montagne, son corps n'avait jamais été retrouvé. Quelques jours plus tard, des inondations sans précédent avaient dévasté la vallée. Le traumatisme avait été profond pour tous les habitants. La disparition d'Albert était passée au second plan.

Lorsqu'elle quitte la supérette, Cesarina est loin d'imaginer ce qui l'attend. Devant chez elle un fourgon de gendarmerie est garé. En la voyant arriver, un des fonctionnaires descend du véhicule et vient à sa rencontre. Il l'informe que des ossements humains ont été retrouvés au fond du vieux puits effondré d'une ancienne bergerie actuellement en réfection et qu'il se pourrait que ce soit son mari.

Selon les investigations en cours, il s'agirait de ceux d'un homme âgé de plus de 70 ans. Une alliance en or indiquant une date de mariage a mis les enquêteurs sur la piste d'Albert. Le gendarme lui tend une photo du bijou qu'elle reconnaît immédiatement. Elle porte le même à l'annulaire gauche. Sous le coup de l'émotion, elle manque de défaillir. Le gendarme la retient de justesse et la raccompagne jusqu'à la porte de sa maison. Connaissant le caractère un peu sauvage de certains habitants, il n'insiste pas lorsqu'elle refuse de le faire entrer, mais lui remet une convocation pour le lendemain.

Le jour suivant elle se présente à la gendarmerie curieuse d'en apprendre plus sur la cause du décès de son époux. Le fonctionnaire qui la reçoit lui indique que l'autopsie n'a rien révélé de particulier, les ossements étant fortement endommagés par le temps. Il est probable que sa mort soit la conséquence d'une chute accidentelle.

Cesarina se console en se disant qu'elle va enfin pouvoir faire son deuil et donner une sépulture à son mari bien-aimé.

Une semaine plus tard, tous les habitants sont présents aux obsèques d'Albert. Bien qu'émouvante, la cérémonie est sobre. À la sortie du cimetière, la vieille dame donne rendez-vous à tous au festin toujours prévu huit jours plus tard.

Le samedi suivant les villageois se retrouvent sur le grand pré contigu à la salle communale. Il est presque 16 h. En guise de dessert la tourte aux blettes et pignons de pin ponctue le copieux repas organisé par le comité des fêtes autour d'un méchoui accompagné des délicieux raviolis en daube concoctés par Cesarina. L'atmosphère est joyeuse, les jeunes ont les joues rougies de plaisir, celles des adultes le doivent plutôt au rosé du pays qui a coulé à flots. Les convives sont repus. En attendant l'incontournable bal du soir, certains entament une sieste, d'autres une partie de pétanque ou de « vitou », jeu de cartes typiquement niçois.

Le cri strident d'un des enfants glace soudainement l'atmosphère détendue. Il provient des sanitaires de la salle communale. Les adultes se précipitent et découvrent Cesarina inanimée sur le sol. Fort heureusement, le maire, également médecin du village, intervient rapidement en lui prodiguant les premiers secours. Malgré une plaie importante à la tête, elle retrouve très vite ses esprits. Elle a bêtement glissé sur le carrelage mouillé. Par prudence le professionnel décide de la faire hospitaliser quelques jours, histoire de pratiquer des examens complémentaires. Il la rassure, lui promettant de s'occuper de ses chats pendant la durée de son hospitalisation.

Le dimanche soir, accompagné de Ferdinand qui possède un double des clefs, le maire pénètre chez Cesarina. L'entrée se fait par la cuisine.

Il y règne un désordre indescriptible. Des gamelles s'entassent dans l'évier au milieu d'ustensiles et de couverts qui ont dû servir à cuisiner les raviolis servis la veille au repas du festin. En témoignent sur la table les coquilles d'œufs, la farine, les restes de farce et de pâte séchée. Ce fatras contraste avec le buffet-vaisselier dans la vitrine duquel trône la collection de figurines bien alignée et époussetée.

En parcourant le couloir qui mène à la salle à manger, une odeur putrescine saisit les deux hommes à la gorge. Ils comprennent rapidement que cela provient des litières des nombreux chats qui se bousculent à leur arrivée.

L'odeur est si âcre que le maire referme vivement la porte en secouant la tête. « Il va falloir appeler la SPA afin de s'occuper de ces animaux, il y en a trop »

Deux jours plus tard, la nouvelle se répand comme une traînée de poudre.

Deux congélateurs remplis de viande ont été découverts dans la cave de Cesarina. Les habitants du hameau sont effarés et comprennent que depuis des années ils se délectent de raviolis à la viande de chat !

Une enquête est ouverte par la gendarmerie. Deux officiers sont diligentés et viennent interroger la blessée sur son lit d'hôpital. À leur grande stupéfaction, dès qu'ils se présentent à elle, Cesarina se met à pleurer.

« Je n'ai pas voulu sa mort, c'était un accident, sanglote-t-elle. J'étais partie avec lui ramasser des champignons. On venait de se disputer violemment. Il a fait un malaise, s'est assis sur le bord du puits qui s'est affaissé sous son poids. Je n'ai rien fait pour le retenir. »

16 ans plus tard, le mystère de la disparition d'Albert vient d'être résolu.

Le nouveau voisin

Constantin profitait des premiers rayons du soleil printanier dans son jardin quand il vit arriver une fourgonnette de déménagement. Le charmant couple qui avait résidé pendant 4 ans dans la villa contiguë à la sienne avait quitté Mougins la semaine dernière. Un autre locataire prenait possession des lieux ce matin.

L'agent immobilier qui gérait le bien lui avait appris que c'était un célibataire de 35 ans, auto-entrepreneur et informaticien de formation. Le vieillard s'était fait la remarque qu'il allait un peu détonner dans l'environnement du lotissement composé majoritairement de retraités.

À peine descendu de son utilitaire, le nouvel arrivant, sourire aux lèvres, s'approcha de la haie pour se présenter.

Walter, c'est ainsi qu'il se prénommait, dégageait un tel charisme que le vieux monsieur tomba immédiatement sous le charme.

Ce fut réciproque, car très vite, les semaines qui suivirent, le jeune homme s'invita régulièrement chez le retraité.

C'était un touche-à-tout, toujours prêt à rendre service. Il venait ponctuellement lui donner un coup de main, tondre la pelouse, réparer une tuile cassée, changer des ampoules. Constantin, âgé de 82 ans, dépassé par les nouvelles technologies, faisait régulièrement appel à ses compétences, dès qu'il rencontrait des difficultés avec son ordinateur ou son poste de télévision. Il ne tarissait pas d'éloges sur son jeune voisin. Cependant, quelques amis l'avaient mis en garde, jugeant qu'il avait donné un peu vite sa confiance à cet homme dont on connaissait peu de choses.

Laure, l'aînée du vieil homme, appréciait très peu l'intrusion de cet étranger dans la vie de son père. C'était une belle femme de 55 ans, divorcée, très excentrique, qui avait des goûts de luxe. Elle habitait un très beau mas en région aixoise. Depuis le décès de sa mère, deux ans auparavant, c'est elle qui avait repris les rênes de l'organisation familiale, sa sœur, avec qui elle était fâchée, vivant à l'étranger. Constantin avait beaucoup souffert à l'époque du départ en Australie de sa plus jeune fille dont il était très proche. Il regrettait d'autant plus cet éloignement que les relations avec Laure étaient toujours très tendues et compliquées.

Sa passion à lui c'était la sculpture. Il abominait gérer l'administratif et n'attachait aucune importance à l'argent. Il avait une petite côte dans le milieu de l'art, mais c'était sa femme qui avait toujours géré ses affaires. À la disparition de sa muse, sa créativité s'était éteinte. Il s'étiolait.

Ses journées s'écoulaient de façon monotone, rythmées par la venue de l'auxiliaire de vie le matin et le midi. L'après-midi il faisait le tour de son jardin puis allumait son téléviseur devant lequel il s'assoupissait très souvent.

L'arrivée de Walter avait mis un peu d'animation dans son quotidien. Il appréciait de plus en plus son contact. Au fil du temps, une complicité s'était installée entre eux et Constantin lui avait même confié un jeu de clefs de la maison sous réserve qu'il n'en dise rien à Laure.

Un après-midi, il fut pris d'une envie subite d'aller faire un tour dans son atelier dont il n'avait plus franchi le pas depuis presque deux ans. Se heurtant à la porte close, il chercha en vain le passe qui aurait dû se trouver dans le tiroir du haut de la commode de l'entrée. Il eut beau fouiller partout, il lui fut impossible de le retrouver. Contrarié, il se promit d'en parler à sa fille dès qu'il aurait de ses nouvelles. Elle l'avait probablement rangé ailleurs.

Quelques jours plus tard, zappant sur sa télécommande d'une chaîne à l'autre, il tomba par hasard sur une émission de vente aux enchères d'objets anciens. Quelle ne fut pas sa surprise, soudain, de voir l'une de ses sculptures, présentée par un vendeur ! Ce qui l'intrigua fortement c'est qu'il n'avait pas souvenir d'avoir mis en vente cette œuvre qu'il conservait précieusement dans son atelier.

N'ayant aucun moyen d'y pénétrer, faute de clef, l'instinct le retint de contacter Walter afin qu'il vienne forcer la porte. Sa solution fut d'appeler un serrurier. En quelques minutes celui-ci libéra l'accès.

Lorsque Constantin pénétra à l'intérieur, il devint blanc comme un linge. Le lieu avait été vidé de l'ensemble de ses créations. Il ne restait que le matériel, quelques outils et sa dernière œuvre inachevée. Devant sa détresse le professionnel lui conseilla d'appeler la police, mais le vieux monsieur refusa. Il préférait d'abord contacter sa fille.

Dès qu'elle fut au courant, Laure pointa du doigt le coupable tout désigné, d'autant plus quand elle apprit qu'il avait un trousseau des clefs de l'entrée. Selon elle, ça ne faisait aucun doute, ça ne pouvait être que Walter. Elle conseilla à son père d'attendre avant de porter plainte.

Elle voulait réunir suffisamment de preuves et confronter le voleur. Elle allait faire appel à un ami détective privé. Elle incita Constantin à ne rien changer à ses habitudes afin de ne pas mettre la puce à l'oreille à l'escroc.

Le vieillard était bouleversé. Il s'en voulait d'avoir été si naïf.

Deux jours plus tard, dès qu'il sonna chez son voisin, Walter sentit immédiatement que quelque chose ne tournait pas rond. Il n'eut pas à attendre longtemps avant que Constantin ne craque et lui révèle les accusations qui pesaient à son encontre.

Mais de manière inattendue, Walter nia les faits. C'est la première fois que Constantin vit le jeune homme sortir de ses gonds et se mettre dans une rage folle, répétant en boucle « Je m'en doutais, je m'en doutais… »

Après s'être calmé, il s'assit en face de lui et avec beaucoup de douceur lui exposa ses suspicions sur l'honnêteté de sa fille aînée.

Savait-il qu'elle avait installé une caméra discrète de surveillance dans la maison ? Était-il au courant qu'elle se garait régulièrement à l'arrière de l'atelier ? Pourquoi ne l'avait-elle pas incité à porter plainte si elle était si sûre de sa culpabilité ?

Constantin restait abasourdi devant ces révélations. Il opina de la tête quand Walter lui demanda si c'était elle qui gérait ses comptes bancaires. Ayant effectué quelques vérifications, ils découvrirent de nombreux mouvements d'argent vers différents comptes appartenant à Laure.

Effondré, le pauvre vieux contacta Laure ne lui laissant pas le choix. Soit elle ramenait les sculptures et lui rendait l'argent, soit il portait plainte contre elle pour abus de faiblesse.

Le sosie

Pascal sort de l'EPHAD, pensif.

Infirmier de profession, à 28 ans, il a pris depuis peu une nouvelle orientation dans sa jeune carrière. Fils unique issu d'une famille monoparentale, il a toujours ignoré qui était son père. Le sujet a toujours été tabou. Jacqueline, sa mère, habilleuse dans le milieu cinématographique, l'a eu tard, à 40 ans. Étant régulièrement absente du fait de son métier, c'était sa grand-mère qui avait été le pilier de son éducation jusqu'à sa disparition l'année de ses 17 ans.

Était-ce en souvenir d'elle qu'il avait décidé de se consacrer aux personnes âgées ? Il l'ignorait. La seule chose dont il était certain c'est qu'il se sentait toujours apaisé au contact des personnes du troisième âge. Il adorait les écouter lui raconter leurs vies. Il s'enrichissait de leurs expériences. En contrepartie, hormis les soins qu'il leur prodiguait, il leur apportait sa fraîcheur et son humour qui leur donnaient régulièrement le sourire.

Avant de rentrer chez lui, il doit passer chez sa mère actuellement en cure et nourrir son chat. Il prend régulièrement soin de l'animal quand elle s'absente.

Âgée de 68 ans, Jacqueline occupe seule un charmant duplex à Fréjus, en bord de mer. Pascal s'est toujours demandé comment elle avait pu s'offrir cet appartement avec ses faibles revenus, mais respectant sa discrétion, il n'avait jamais osé lui poser de questions. Très pudique sur sa vie amoureuse, son fils a rarement rencontré ses prétendants. C'est une femme fragile, au comportement bipolaire, plutôt triste et solitaire. Elle a peu d'amis.

Son intérieur est un véritable musée. Elle a accumulé pendant des années des souvenirs de tournage cinématographique. Sur beaucoup de photos, on la voit entourée d'artistes connus ou moins connus. Elle en avait habillé tant et tant ! Pascal a appris à les connaître sans les avoir rencontrés. Les plus jeunes apparaissent encore sur les écrans de cinéma ou de télévision. Parmi les plus âgés, beaucoup sont tombés dans l'oubli ou décédés.

Le jeune homme aime observer les clichés. Il lui arrive d'en détailler certains. Ce qu'il n'a pas avoué à sa mère c'est qu'il s'est souvent cherché à travers les traits des visages masculins, persuadé que son géniteur se cachait parmi eux.

Aujourd'hui il en a acquis la certitude.

Germaine, une résidente de l'EPHAD, est restée saisie ce matin en le voyant apparaître avec sa nouvelle coupe de cheveux. Prenant à témoin les autres résidents, qui ont pour la plupart, acquiescé, elle n'a cessé de répéter, « tu es le sosie de Yves Aimar, un acteur célèbre des années 70 ».

Le nom de cet acteur n'évoque rien à Pascal.

En faisant des recherches sur son portable, il trouve la filmographie du comédien dont la carrière s'est arrêtée brutalement au début des années 1990, deux ans après sa naissance. En étudiant sa biographie, il découvre que l'homme a cessé de tourner suite à un accident de voiture qui l'a laissé paraplégique. Il a été marié à une actrice connue dont il a divorcé en 1998 et a eu deux filles. Nulle part ne figure aucun avis de décès.

Sur les quelques photos mises en ligne, sa ressemblance avec l'acteur est frappante.

En arrivant chez Jacqueline, son premier réflexe est de scruter à nouveau attentivement tous les cadres exposés sur les murs du duplex. Étrangement sur aucun d'entre eux ne figure le comédien. Pourtant, Pascal en est convaincu, ils se sont forcément côtoyés.

Se souvenant qu'elle conserve également de nombreux albums dans sa chambre, il s'y précipite. Il est mal à l'aise de s'immiscer ainsi dans l'intimité de sa mère, mais son envie de connaître la vérité l'emporte. Un des placards regorge de photos, certaines sont collées sur les pages des albums, mais la plupart se trouvent en vrac à l'intérieur de boîtes à gâteau en métal. La tâche se révèle ardue. Ça risque de durer s'il doit passer en revue les photographies, une par une. Porté par un réel espoir de découvrir enfin la vérité, le jeune homme se plonge dans le passé de sa mère.

Le bruit d'une clef qui ouvre la serrure de la porte d'entrée le fait sursauter. Jacqueline, rentrée plus tôt que prévu, interrompt ses recherches. Il vient à sa rencontre. Elle n'est pas étonnée de le trouver là ayant vu sa voiture garée devant l'immeuble. Elle semble épuisée, mais devant la pâleur de son fils, c'est elle qui s'inquiète. Lorsqu'il lui en explique la raison, elle hoche la tête, comprenant qu'elle va devoir lui révéler la vérité sur sa naissance, ou du moins une partie de la vérité.

« Inutile de chercher une photo de lui ici, lui dit-elle, je n'en ai conservé aucune ».

Elle lui confirme que son père est effectivement Yves Aimar.

Elle lui raconte qu'elle a été sa maîtresse pendant un an alors qu'il était marié. Elle était follement éprise de lui. En apprenant qu'elle était enceinte, il lui avait demandé d'avorter, mais elle avait refusé, trop heureuse du cadeau que lui faisait la vie. Par peur du scandale, il avait rompu. À l'époque il était au sommet de sa carrière. Elle s'était tue, ne voulant pas prendre le risque de perdre son travail qui la passionnait.

Elle ne l'avait plus croisé qu'à de très rares occasions professionnelles sans qu'il ne prenne de nouvelles de son fils. Après son accident, elle l'avait définitivement perdu de vue et tourné la page.

Une fois ces révélations faites, Jacqueline s'était murée dans le silence, refusant de répondre à ses multiples questions.

Le jeune homme était rentré chez lui avec un sentiment d'amertume persuadé que sa mère lui cachait certains détails importants. Dès le lendemain il s'était attelé à la recherche de ce père qui lui avait tant manqué. Il avait fait appel à un détective privé. Du fait de sa notoriété passée, il avait été aisé à l'enquêteur de retrouver sa trace.

Yves âgé de 72 ans vivait toujours. Propriétaire d'un haras en Normandie, il habitait une très belle chaumière, entouré par sa famille qui avait pris soin de lui.

Quelques jours plus tard, sans rien dire à Jacqueline, Pascal prend la route en direction de Caen.

Garé non loin du haras, le jeune homme observe à la jumelle les chevaux entraînés par les lads. Il guette les allées et venues du personnel, espérant apercevoir son père. Il est déjà venu la veille. Il est si absorbé à faire le guet qu'il n'entend pas arriver derrière lui une jeune femme qui l'interpelle. Il sursaute en se retournant vivement.

« Vous souhaitez visiter le lieu ? » demande-t-elle avec un large sourire.

Pris de court, il accepte et comprend en l'accompagnant qu'il s'agit de la fille aînée de Yves, en l'occurrence, sa demi-sœur. Elle l'entraîne vers le bâtiment principal et se dirige vers un homme assis dans une chaise roulante, en train de discuter avec deux cavaliers. Il leur tourne le dos et ne les voit pas arriver. Le cœur battant Pascal s'arrête à bonne distance. Il hésite, prêt à faire demi-tour, mais la chaise roulante pivote dans leur direction.

Yves sourit à la vue de sa fille avant que son regard interrogateur ne se pose sur le jeune homme. Il reste un moment sans parler, avance jusqu'à lui, le détaille de la tête au pied puis revient à son visage, scrutant attentivement ses traits. Il hoche la tête de gauche à droite, balbutiant quelques mots incompréhensibles avant que ses yeux ne s'embuent de larmes.

« J'étais ton portrait craché à ton âge », finit-il par dire en esquissant un sourire. D'instinct Yves a reconnu son gamin. « J'attends ce moment depuis tellement d'années ! »

Au moment où Pascal quitte le haras en fin d'après-midi, ses sentiments sont mitigés. Bouleversé d'avoir enfin pu rencontrer son père et sa nouvelle famille, il va lui falloir affronter sa mère, car il veut comprendre pourquoi elle lui a menti.

Yves a confirmé que Jacqueline avait été sa maîtresse, mais qu'à aucun moment lorsqu'elle était tombée enceinte il ne lui avait demandé d'avorter, bien au contraire. Il lui avait été impossible à l'époque de reconnaître cette paternité, mais il avait été très présent pour lui. Les deux premières années de sa vie, il venait régulièrement le voir. Comme preuve il lui avait sorti quelques photos où on le voyait en compagnie du petit garçon. Sur l'une d'entre elles, Pascal posait tout sourire entre ses parents qui le tenaient par la main.

À partir de l'accident, très diminué psychologiquement et n'étant plus en capacité physique de se déplacer seul, Yves avait renoncé à le revoir, estimant ne plus être à la hauteur du fait de son handicap. Il avait néanmoins tenu à subvenir financièrement à son éducation en versant une rente mensuelle à sa mère.

Dès sa retraite, c'est lui qui l'avait aidé à acquérir le duplex qu'elle occupait aujourd'hui.

De retour dans le Var, le jeune homme file chez Jacqueline qui lui doit une explication. Sur le palier de l'immeuble, il croise le médecin de famille, un ami de longue date. L'homme a la mine sombre. « Il faut que je te parle, glisse-t-il à Pascal, ta mère va mal. Elle a refait une crise et j'ai dû la faire interner à nouveau ».

Elle t'a laissé une lettre. Pascal ouvre le pli et commence à lire la missive à voix haute.

« Mon chéri, je sais que tu vas chercher à revoir ton père. Sache que je n'ai pas été honnête vis-à-vis de toi. J'ai manqué de courage pour t'avouer la vérité.

Je n'étais pas amoureuse de ton père. J'avais jeté mon dévolu sur lui, car je voulais absolument un enfant. Dès le début de notre relation, il avait été clair avec moi, en aucun cas il ne se séparerait de sa femme et ça m'arrangeait. Quand il a su que j'étais enceinte, il ne m'a aucunement demandé d'avorter. En dépit de la situation, il s'est engagé à toujours s'occuper de toi sur le plan financier, mais il lui était impossible de te reconnaître.

Pendant deux ans, il a été très présent auprès de toi. Mais j'ai voulu plus d'argent et il y a eu cette dispute. Au moment de nous quitter, lors d'une de ses visites, je lui ai lancé un ultimatum. Soit il augmentait les versements mensuels, soit il ne te reverrait plus. Il s'est mis dans une colère noire. Il avait si peur de te perdre. Il a pris le volant, il était hors de ses gonds. Il a perdu le contrôle de sa voiture quelques kilomètres plus loin. Tu connais la suite. Depuis ce jour je n'ai cessé de me sentir coupable. Lui ne m'a jamais condamnée et a continué à m'aider financièrement. C'est un homme bon. Tu peux être fier de lui. Il mérite vraiment ton amour.

J'espère que tu me pardonneras un jour, je t'aime tant »

Pascal a les yeux humides lorsqu'il relève la tête.

Le médecin pose sa main sur son épaule et lui sourit doucement. « On va prendre soin d'elle ».

L'homme au visage de Pierrot

Elle se souvient de ce premier carnaval de Nice auquel elle avait assisté. Elle avait 7 ans. Pour elle, c'était une grande première, car elle était partie avec ses parents à la nuit tombée, à l'heure habituelle où elle enfilait son pyjama. Excitée comme une puce, le trajet en voiture de dix-huit kilomètres lui avait paru interminable.

Dès leur arrivée sur la Place Masséna, elle avait été saisie par l'atmosphère euphorique qui lui avait tourné la tête : la musique d'ambiance, les lumières scintillantes, les décorations multicolores, les déguisements et les confettis. Il régnait un air de fête qui mettait le cœur en joie.

À cette époque, en 1963, il y avait encore les promenoirs qui permettaient d'assister au corso tout le long du parcours. Ses parents n'avaient pas les moyens de s'offrir des places en tribune. Du haut de ses 1m20, la foule lui faisait un peu peur. Son père lui avait donné la consigne stricte de toujours leur donner la main.

Ils longeaient les barrières de sécurité afin de s'approcher au plus près de la parade des chars et des grosses têtes. Tous trois progressaient lentement au milieu d'une myriade de gens déguisés dont les masques parfois effrayants la faisaient se serrer davantage contre sa mère. Elle avait la fâcheuse habitude de souvent remonter ses chaussettes qui glissaient sur ses chevilles. Et ce qui devait arriver arriva ! Elle avait lâché la main protectrice en voulant remettre sa socquette en place et là, en une fraction de seconde, ses parents avaient disparu de sa vue.

Paniquée, elle les avait cherchés des yeux, en vain. Les gens autour d'elle avaient continué d'avancer. Elle se souvient qu'elle s'était sentie soudain très seule, abandonnée. Elle s'était arrêtée de marcher et mise à pleurer. Au milieu du capharnaüm général, personne n'avait eu l'air de percevoir sa détresse.

Et puis après de longues minutes, un homme dissimulé derrière un visage de Pierrot s'était penché vers elle en la rassurant. « Ne pleure pas petite, suis-moi, je vais t'aider à retrouver tes parents ». Il avait saisi gentiment sa main et elle l'avait suivi, confiante. Ils avaient remonté la foule à contresens, avec difficulté. Au début il la tirait doucement derrière lui, mais estimant sans doute qu'elle n'avançait pas assez vite, il lui avait saisi le bras, le serrant douloureusement. Elle s'était remise à sangloter ce qui avait eu le don de l'énerver davantage. Comme il la traînait plus qu'il ne l'accompagnait, elle avait tenté de lui résister. La peur l'avait envahie, une peur viscérale qui l'avait fait uriner sur elle. Étrangement, à ce moment précis, elle avait eu le sentiment qu'elle serait en sécurité tant qu'ils ne quitteraient pas cette foule compacte qui l'effrayait si fortement à l'arrivée.

Alors qu'ils approchaient de ce qui semblait être une issue de secours, la musique des haut-parleurs avait cessé brusquement laissant la place à une voix masculine.

« On nous signale la disparition de la petite Isabelle, âgée de 7 ans, cheveux courts, vêtue d'un pantalon bleu marine et d'un blouson jaune. Ses parents l'attendent au poste de secours principal. ».

En entendant l'annonce, son ravisseur avait marqué un temps d'arrêt. Apercevant un agent de police qui venait dans leur direction, il ne s'était pas laissé démonter et avait couru à sa rencontre en s'exclamant « Je viens de trouver cette fillette en pleurs, elle a perdu ses parents ». L'agent l'avait remercié chaleureusement et la prenant dans ses bras, il l'avait ramenée au poste de secours.

Elle n'est jamais retournée au carnaval de Nice.

Le petit poste radio

Victor pénètre dans la chambre de son père. Elle sent le renfermé. Il ouvre avec prudence la porte de l'armoire bancale, en sort une première boîte en métal remplie de souvenirs. Rien n'accroche son regard. En ouvrant la deuxième, couverte de poussière qui le fait éternuer, il découvre une dizaine de photos en vrac.

Quand il est arrivé à l'hôpital trois jours auparavant, son père, âgé de 73 ans, était agonisant. Il ne l'a pas reconnu. Il faut dire que 26 ans s'étaient écoulés depuis la dernière fois qu'il avait croisé le regard de son géniteur. Il avait 16 ans. C'était le jour du procès, juste avant l'annonce du verdict : 12 ans de prison pour vol et tentative d'homicide.

Ses parents étaient dévastés. Son père l'avait renié. Sa mère, anéantie par ce drame, était tombée malade. Il ne l'avait jamais revue vivante.

Il examine un à un chaque cliché. L'un d'entre eux attire plus particulièrement son attention. On le voit poser en bras de chemise, la mine réjouie, entouré de deux garçons de son âge. Au verso figurent trois prénoms et une date : 4 juillet 1958.

Il se souvient de cette journée comme si c'était hier. Les trois copains avaient été embauchés en tant que saisonniers dans l'exploitation agricole voisine. À 14 ans, c'était son premier « job ». Il avait prévu que deux tiers de sa paie reviendraient à ses parents et un tiers servirait à gonfler sa cagnotte, car il rêvait de s'offrir un jour le petit poste radio repéré chez le quincaillier du village.

Il se remémore très bien cette période. Il venait d'arrêter l'école. Il était l'aîné de la fratrie et certainement le plus dégourdi de la famille, une famille modeste composée d'un père cantonnier un peu rustre et d'une mère retoucheuse très réservée. Sa sœur Agnès âgée de 12 ans avait attrapé la poliomyélite et en gardait des séquelles. Elle boitait. Il se rappelle qu'il était très protecteur vis-à-vis d'elle, toujours prêt à en découdre si on se moquait de son infirmité. En dépit de sa fragilité apparente, il avait une santé de fer et ne rechignait pas à la tâche. Sa vie n'était pas un long fleuve tranquille, mais il n'était pas malheureux. Il donnait souvent un coup de main en livrant les clientes de sa mère. Les maigres pourboires qu'il récupérait servaient à alimenter sa précieuse tirelire. Il n'était pas méchant, mais comme on disait autour de lui, il aimait faire le coup de poing.

Il tient encore la photo entre ses mains qui se sont mises à trembler. Les lettres manuscrites des prénoms inscrits au dos ont bavé, mais on arrive à les deviner : Luc, Jean, Victor. À cette époque les trois adolescents étaient les meilleurs amis du monde.

Sa vie avait basculé au cours des jours qui avaient suivi. Après des mois d'économie, il avait réussi à rassembler la somme nécessaire à l'achat du poste à galène.

En compagnie de ses deux amis, il avait franchi le seuil de la quincaillerie, fier comme un coq, le sourire aux lèvres. Pendant qu'il négociait avec le quincaillier dans l'arrière-boutique, Jean et Luc avaient discrètement fait main basse sur la caisse et pris la fuite.

En se rendant compte du vol, le propriétaire l'avait empoigné par le col persuadé qu'il était leur complice. Voulant se défendre, Victor avait repoussé l'homme qui était tombé, sa tête heurtant violemment le sol. Il se souvient combien il avait paniqué avant de prévenir les secours. Le quincaillier avait pu être sauvé, mais il était devenu amnésique.

À aucun moment Jean et Luc n'avaient avoué être les auteurs du vol, niant leur présence sur les lieux. L'argent de la caisse avait été retrouvé au fond de la sacoche du vélo de Victor. Le gamin s'était retrouvé seul sur le banc des accusés. Un avocat débutant commis d'office et sa réputation de bagarreur avaient suffi à le faire condamner.

La prison l'avait endurci. À sa sortie, seule sa sœur l'attendait. Il n'avait eu de cesse de vouloir retrouver ceux qu'il appelait les deux Judas.

Cela lui avait demandé de la patience, mais il avait réussi à forcer le destin sans laisser de trace. Le premier s'était noyé dans une rivière lors d'une partie de pêche, le second était mort écrasé par son tracteur. Les deux enquêtes avaient conclu à des accidents.

Aujourd'hui une page de sa vie se referme. Il va assister aux obsèques de son père, dire adieu à sa sœur et regagner la Légion étrangère qui est devenue sa seule famille depuis une douzaine d'années.

Il prend bien soin avant de quitter les lieux de réduire en miettes la photo témoin.

Anna

Cela fait plus d'une heure que les deux hommes interrogent la jeune femme. Institutrice au sein de l'école primaire du village, c'est elle qui a appelé la gendarmerie. Elle se prénomme Anna. Âgée de 22 ans, célibataire, elle s'est installée au mois de juillet dans le bourg voisin. Personne ne la connaît encore vraiment. Elle est arrivée à la nouvelle rentrée scolaire c'est-à-dire à peine deux mois. C'est son premier poste en tant que titulaire.

C'est une jolie blonde aux yeux gris qui pourrait être attirante, mais sa tenue stricte, robe et chaussures noires, son chignon serré, son visage triste sans maquillage, lui confèrent un air d'agent funéraire.

Elle est le seul témoin de l'enlèvement du petit garçon, à la sortie de l'école. Au moment où elle fermait le portail de la cour, elle a vu l'enfant qui se débattait, poussé par un homme dans une aronde grise.

Elle n'a pas réussi à relever le numéro de la plaque d'immatriculation.

Devant les deux enquêteurs, elle semble tétanisée. Elle leur répond si laconiquement qu'ils ont le sentiment qu'elle leur cache quelque chose.

Le plus jeune, assis de façon décontractée sur l'un des bureaux d'écolier, essaie de la détendre, mais elle se tient droite, immobile, plantée sur ses deux jambes, refusant de s'asseoir. Son collègue, debout, méfiant, garde un œil vigilant sur elle. Plus expérimenté que son binôme, il scrute le visage blême et fermé de la jeune femme, guettant la moindre réaction. Ses traits lui rappellent quelqu'un.

Il se promet d'aller vérifier les vieilles coupures de presse aux archives, dès que l'interrogatoire sera achevé. Voyant qu'ils n'obtiendront rien de plus de leur témoin qui a l'air en état second, ils finissent par quitter les lieux.

Après leur départ, Anna reste plusieurs minutes, figée, les yeux dans le vide. Des larmes commencent à couler sur ses joues pâles. Brusquement, la tension qui l'oppressait se libère. Comme un barrage qui vient de céder sous la pression de l'eau, elle s'affale sur le sol et se met à sangloter.

Tout lui revient en mémoire ; les cris de terreur de sa sœur, ses propres hurlements, les menaces, le claquement sec des portières, le bruit du moteur de la camionnette, les roues qui patinent, l'odeur du gasoil puis le silence, le silence oppressant de la forêt dans laquelle elle se retrouve seule à la nuit tombée.

Anna toujours à terre s'est mise à trembler de tous ses membres. Elle a beau se recroqueviller, un froid intense s'est emparé de son corps. Son cerveau est assailli d'images qu'elle n'arrive pas à chasser. Pendant plusieurs minutes elle ne se maîtrise plus, claquant des dents et frissonnante.

Dès son retour à la brigade, le gendarme Kowalski s'empresse de descendre à la salle de documentation. Il se souvient d'une histoire de rapt d'enfants qui avait fait grand bruit à l'époque dans la région. Très rapidement il trouve plusieurs articles relatant les faits. Sur l'un d'entre eux, il tombe sur la photo des parents de jumelles de 7 ans qui avaient été enlevées le 28 mars 1952 à la sortie de l'école. C'était les filles d'un célèbre industriel du Nord. L'une d'entre elles, Anna, avait été retrouvée vivante errant en forêt de Mormal. Le corps sans vie de sa sœur avait été découvert quinze jours plus tard malgré la rançon versée par les parents. La petite Anna ayant été incapable de fournir des indices exploitables, les kidnappeurs n'avaient jamais pu être identifiés. Sur la coupure de journal, la mère des fillettes ressemble trait pour trait à son témoin. Le gendarme comprend immédiatement que l'institutrice et Anna ne font qu'une. Il décide de retourner voir la jeune femme, inquiet de l'avoir laissée seule.

Quand la maîtresse d'école entend arriver le véhicule, elle reprend ses esprits. Elle pense au gamin kidnappé. Le cauchemar ne peut pas se répéter, se dit-elle. Elle ferme les yeux afin de mieux se concentrer. Un détail important lui revient soudainement. Elle court à la rencontre de Kowalski et crie : « La plaque d'immatriculation est belge, les chiffres étaient rouges sur fond blanc. » Grâce à cet élément crucial, l'aronde grise fut interceptée quelques heures plus tard avec le garçonnet à son bord, sain et sauf. Le lendemain matin on interpella le père de l'enfant qui avait commandité le rapt.

En apprenant la nouvelle et pour la première fois depuis bien longtemps, un doux sourire éclaira le visage d'Anna.

Le tatouage

Le stade nautique australien est en délire. Les commentateurs sportifs sont debout dans leur cabine, hurlant des encouragements. Les deux nageurs en tête sont côte à côte dans le dernier 50 m, difficile de les départager. Le record du monde ne sera pas battu, mais l'un des deux sera médaillé d'or.

Ils semblent toucher le mur d'arrivée de front. Les spectateurs retiennent leur souffle, les yeux rivés sur le chronomètre. Soudain le clan français explose de joie.

Luc est sacré champion olympique du 200 mètres nage libre avec un centième de seconde d'avance sur son rival américain. À 22 ans, c'est sa première grande victoire qui le propulse sur la scène médiatique.

Il lève le bras en vainqueur, le poing serré, ôte son bonnet de bain et ses lunettes, félicite son adversaire dépité, se dirige vers le bord du bassin et sort de l'eau. Les caméras de télévision sont braquées sur lui. Déployant son mètre quatre-vingt-dix, ses muscles saillants bardés de tatouages, il s'avance fièrement vers le speaker qui l'attend pour l'interviewer. Peu connu du public jusqu'à ce matin, son visage apparaît en gros plan sur tous les écrans du monde.

À Nice, il est minuit. Janet, blottie sous sa couette, n'arrive pas à trouver le sommeil. Il lui arrive parfois de passer une partie de la nuit devant son écran. Ça l'aide à chasser les visions qui assaillent son cerveau dès qu'il est au repos. Tenant la télécommande d'une main, un verre de vin rouge de l'autre, elle zappe au hasard d'une chaîne à l'autre.

Quand l'image du nageur se présente à elle, la jeune femme marque un temps d'arrêt. Son regard est immédiatement attiré par les tatouages du sportif. L'un d'entre eux dessiné sur son cou hypnotise Janet. Il s'agit d'une tête d'aigle dont, très étrangement, un œil semble crevé. Elle appuie sur le bouton pause de la commande. Janet retient son souffle. Les palpitations de son cœur s'accélèrent. Elle ferme les yeux. Son cerveau est saturé d'images : des silhouettes qui s'agitent, des spots lumineux, des bouteilles d'alcool, des masques carnavalesques puis des sons lui parviennent, de la musique, des rires, des chants… Un cri lui vrille soudainement les oreilles. Ce cri d'animal blessé sort de sa propre gorge. Elle ouvre ses yeux horrifiés et croise à nouveau le regard de l'aigle qui semble la narguer, figé sur l'écran.

Comme une lame de fond, les évènements lui reviennent brutalement en mémoire. Elle se souvient de la soirée étudiante organisée dans l'enceinte de la cité universitaire en février dernier, soirée masquée spéciale « Commedia dell'arte ». L'ambiance était festive. Elle avait beaucoup dansé, un peu bu et même fumé un petit joint. Son destin avait basculé au moment où elle avait quitté la fête, souffrant d'une forte migraine.

En arrivant sur le palier de sa chambre d'étudiante, elle revoit l'homme masqué, déguisé en arlequin qui avait surgi de l'ombre. Menaçant, il l'avait poussé à l'intérieur et abusé d'elle. Elle n'avait même pas tenté de se débattre, tétanisée par la peur. Elle se souvient qu'après son départ, elle était restée prostrée le week-end entier et avait repris le chemin des cours le lundi suivant comme si de rien n'était. Elle ne s'était confiée à personne. Fin juin, diplôme en poche, elle avait emménagé dans un minuscule studio près de son futur lieu de travail.

Cet aigle, son cerveau a eu tout loisir de l'imprimer quand elle subissait les assauts de son agresseur. Son cou était la seule partie visible sous son déguisement. Bouleversée, Janet active le défilement des images. À la fin de l'interview, elle note sur son petit calepin le nom du nageur. Se peut-il que ce soit son violeur ? De mémoire, il ne paraissait pas si grand ni si musclé.

Le lendemain, armée d'une photo du nageur qu'elle a récupérée sur le web, elle se rend chez un copain tatoueur.

« Saurais-tu identifier le professionnel qui a imaginé ce rapace ? » demande-t-elle. « Évidemment, répond-il, il a pignon sur rue. C'est un spécialiste en tatouage animalier. Il est particulièrement doué et très sollicité par la plupart des grands noms du sport de la Capitale, car il ne reproduit jamais deux fois le même dessin ».

Étonné par la requête de la jeune femme qui refuse de lui en dire plus, il lui fournit néanmoins les coordonnées réclamées.

Janet a eu beaucoup de mal à obtenir un rendez-vous, car l'homme est très pris.

Lorsqu'elle pénètre dans sa boutique quinze jours plus tard, elle découvre un imposant gaillard, barbu, tatoué de la tête aux pieds. Impressionnant au premier abord, il se révèle très aimable. Il se met à rire en découvrant la photo : « Je me souviens très précisément de lui. Il m'avait apporté le sujet qu'il souhaitait se faire dessiner dans le cou. C'était la photo d'un aigle qu'il avait recueilli, blessé, lorsqu'il était enfant et auquel il s'était beaucoup attaché. Je me le remémore d'autant plus que c'était la première fois qu'on me demandait de tatouer un oiseau de proie borgne ».

Malgré cette révélation qui conforte sa piste, la jeune femme hésite. Tout porte à croire que le médaillé d'or pourrait être son agresseur, mais les détails sur sa morphologie la chiffonnent encore.

Avant de quitter les lieux, elle se retourne vers le tatoueur et lui pose une dernière question « C'est un tatouage singulier. Quelqu'un d'autre serait-il susceptible d'avoir le même ? »

« Oui. Lorsque Luc est venu me voir, il était accompagné de son ami d'enfance Robin avec qui il avait recueilli l'aigle à l'époque. Il hésitait tellement à faire ce tattoo que son ami s'est proposé comme modèle. Exceptionnellement, j'ai donc créé la tête de l'aigle sur le cou de Robin avant de la reproduire à l'identique sur celle du nageur. »

Il est 11 h 20, Janet pousse la porte du commissariat de police.

L'accident

Crispée sur le volant, ses beaux yeux bleus écarquillés, Sandrine tente d'avancer à travers les éléments déchaînés. Surprise par la tempête de neige dans la descente des gorges, elle ne peut plus faire demi-tour.

Sa vieille Renault 5 progresse difficilement sur la route escarpée. La conductrice craint que des chutes de pierre n'endommagent la carrosserie ou pire qu'un bloc de rocher se détache de la paroi friable et se fracasse sur le toit. Il faut qu'elle s'extraie au plus vite de ce piège. Il lui est impossible de s'arrêter. Il lui reste au moins 3 km à parcourir pour sortir de ces combes et se retrouver moins exposée dans la vallée.

Subitement, les essuie-glaces s'arrêtent, rendant la visibilité réduite à néant. Instinctivement, Sandrine appuie brutalement sur la pédale de frein. Dans la seconde qui suit, la jeune femme regrette son impulsion, car comme une savonnette, la Renault se met à glisser inexorablement vers le précipice.

Franchissant le parapet, le véhicule bascule vers l'avant. Sandrine se dit que c'est la fin. Elle n'a même pas eu le temps d'avoir peur.

Retenu par la ceinture de sécurité, son corps est attiré par le vide comme sur un grand huit de fête foraine. Elle a fermé les yeux mécaniquement. Elle attend la chute qui va la pulvériser.

Mais le destin en a décidé autrement. Ce qu'elle ignore encore c'est qu'un imposant résineux, à flanc de montagne, va retenir à l'avant le véhicule qui reste suspendu au parapet par les deux roues arrière.

Suite au choc, le parebrise s'est fissuré et la vitre avant gauche a explosé sous l'impact d'une branche du sapin. La jeune conductrice sent le véhicule osciller. Elle n'ose plus bouger. La poitrine comprimée par la sangle, elle a du mal à respirer. Elle a l'impression que le sang qui bat au niveau de ses tempes va lui faire exploser le cerveau. La douleur est telle que des larmes perlent au bord de ses paupières. Elle suffoque, elle lutte afin de ne pas s'évanouir. Au bout de quelques minutes, elle ressent des fourmillements dans ses membres.

L'air glacial s'engouffre par l'ouverture. Peu à peu, le froid envahit tout son être. Elle frissonne puis se met à grelotter avant que son corps endolori ne finisse par s'engourdir. Elle perd connaissance.

Quand elle revient à elle, la situation a un peu évolué. À l'extérieur de l'habitacle, la tempête semble moins virulente. Sandrine ignore la durée de son évanouissement. Elle se dit qu'elle n'a pas le choix. Il faut qu'elle sorte de là si elle ne veut pas que ce tas de tôle se transforme en cercueil.

Elle a toujours du mal à respirer, bloquée par la ceinture, sa vue est brouillée. La main gauche en appui sur le volant, elle tâtonne prudemment vers la languette métallique de fermeture avec sa main droite. Par chance elle arrive à la libérer et sent un soulagement immédiat lorsque l'étau se desserre, même si elle ne peut pas se redresser, empêchée par le dossier du siège. La position n'est pas confortable, mais elle respire un peu mieux malgré une douleur au niveau de la cage thoracique qui l'empêche de prendre une grande goulée d'air. Elle connaît bien ce symptôme s'étant déjà fêlée une côte lors d'une chute de ski deux ans auparavant.

Avant de tenter quoi que ce soit, il faut qu'elle vérifie qu'aucune autre blessure n'entrave ses mouvements. Lentement elle bouge ses quatre membres ankylosés par le froid, tourne précautionneusement la tête à droite puis à gauche. Aucune autre douleur ne lui vrille le corps. En revanche elle continue de grelotter. Par chance sa doudoune a glissé à portée de main au pied du siège passager.

Avec beaucoup de difficulté, elle réussit à la tirer jusqu'à elle et s'en recouvre maladroitement le corps, arrivant même à enfiler ses deux bras dans les manches. La douce chaleur de la plume d'oie lui apporte un réconfort relatif. En observant son environnement, elle comprend qu'elle ne pourra pas s'extirper seule de cette position. Coincée entre le siège et le volant de la Renault, elle a une infime marge de manœuvre.

Elle craint que sa coquille de noix, en équilibre précaire sur ce tapis de branches, ne bascule à tout moment et s'écrase au fond du ravin, même si à l'extérieur les éléments se sont calmés et qu'un silence pesant l'entoure à présent. À chacun de ses mouvements, elle sent la ferraille frémir. La peur l'envahit insidieusement. Elle pense à son compagnon qui doit s'inquiéter de ne pas la voir arriver, elle si ponctuelle habituellement. Le connaissant, elle est certaine qu'il a déjà prévenu les secours. Elle ne doit pas s'affoler, on va lui venir en aide. Elle ne veut pas mourir, elle ne peut pas mourir, on ne meurt pas à 26 ans ! Ses parents ne s'en remettraient jamais, ils n'avaient qu'elle comme progéniture. Elle, qui rêvait d'une famille et s'imaginait entourée d'au moins trois petits. Elle adorait les enfants, son métier d'institutrice n'était pas un hasard.

Recroquevillée sous sa couverture de fortune, parcourue de tremblements, Sandrine se met à pleurer, comprenant que d'un instant à l'autre une issue fatale va peut-être faire voler en éclats tous ses projets. Elle sent ses forces l'abandonner peu à peu. Pour éviter de s'endormir, elle tente de chantonner un tube récent de Jean-Jacques Goldman : « J'irai au bout de mes rêves, tout au bout de mes rêves ».

Peu à peu, une douce léthargie s'empare de son corps, ses yeux se ferment. L'image de son chien, un bichon maltais, lui apparaît. Un sourire se dessine sur ses lèvres. Elle s'abandonne à sa langue râpeuse qui lui lèche les mains et à son pelage soyeux qui lui chatouille le cou et la figure.

Ce sont des chuchotements qui la font sortir de sa torpeur. Elle ouvre les yeux et devine une silhouette penchée sur elle. Sa mère est en train de lui passer délicatement un gant de toilette frais sur le visage.

« Ne t'inquiète pas ma chérie, la rassure-t-elle. Tu as dû faire un cauchemar à cause de ta température élevée », mais le plus dur est passé, ce virus ne sera bientôt plus qu'un mauvais souvenir.

Street art

Emeline sort en colère de la galerie d'art Saint-Pauloise que sa mère Olga a ouverte quinze ans auparavant lorsqu'elle s'était retrouvée veuve. Ayant vécu plusieurs années au pays du soleil levant, celle-ci accueille régulièrement des œuvres d'artistes japonais au sein de son lieu d'exposition.

Une fois de plus les deux femmes viennent de se chamailler au sujet du street art. Emeline est amoureuse de Maxence, un jeune artiste trentenaire dont la passion est l'art urbain. Il a énormément de talent, participe régulièrement à des festivals et commence à se faire un nom dans le milieu.

Olga, complètement hermétique à ce type d'expression, assimile ces créateurs à de vulgaires tagueurs et refuse de rencontrer le jeune homme, au grand désarroi de sa fille. Elle ne veut rien entendre. Elle n'a pas de temps à gaspiller, dit-elle. Sa gamine étant du style cœur d'artichaut, Olga est convaincue que les amourettes entre sa progéniture et ce barbouilleur ne dureront pas, enfin c'est ce qu'elle espère. Sa princesse mérite mieux.

La jeune femme âgée de 25 ans travaille dans un restaurant du vieux Saint-Paul. Elle vit seule à 200 mètres de la galerie de sa mère et a l'habitude de passer la voir, presque chaque jour, après le service du midi. Jusqu'alors, les deux femmes étaient très fusionnelles.

Leur dernière dispute a exaspéré Emeline qui commence à prendre ses distances vis-à-vis de sa mère prétextant diverses raisons. Olga, particulièrement absorbée par la préparation d'une prochaine exposition d'envergure, ne prête pas attention au changement de comportement de la jeune fille. La galeriste ne s'inquiète sérieusement que lorsqu'elle constate qu'Emeline n'a pas donné signe de vie depuis trois jours. Ni visite ni coup de fil, ça ne lui ressemble pas.

Elle essaie, en vain, de la contacter sur son portable. Immanquablement, elle tombe sur le répondeur. Au studio, Olga trouve porte close. Anxieuse, elle se rend au restaurant où Emeline est serveuse. Surpris qu'elle ne soit pas au courant, le patron l'informe que, comme convenu, il a octroyé deux semaines de congés à la moitié de son personnel du fait de la baisse de fréquentation en cette saison.

Elle contacte ses amis qui lui confirment qu'elle est effectivement en vacances. Mesurant son angoisse, ils finissent par lui indiquer qu'elle assiste Maxence au festival d'art urbain sur Antibes.

N'obtenant toujours aucune réponse à ses nombreux appels téléphoniques, Olga décide de se rendre sur place dès le lendemain. Renseignements pris, elle déambule dans les rues d'Antibes à la recherche de sa fille. Au détour d'une rue, elle aperçoit un attroupement devant la façade d'un immeuble. La foule admire une fresque qu'un jeune homme, muni d'un masque de protection et de diverses bombes de peinture, est en train d'achever.

Olga se fraye un chemin au plus près.

Emeline lui fait face. Sa silhouette gracile vêtue d'une tunique de déesse grecque semble émerger de nulle part, comme suspendue dans l'air. Son visage de madone, souligné par ses immenses yeux verts et ses boucles dorées, dégage une telle douceur qu'Olga est prise d'une émotion intense. Le détail des traits, l'harmonie des couleurs donnent à l'ensemble du tableau une extraordinaire sérénité. Le souffle coupé, elle admire l'œuvre de Maxence qui occupe un pan de mur entier devant elle. Le temps s'est arrêté.

Elle tourne la tête quand elle sent une main s'emparer doucement de la sienne. « Quel artiste ! » murmure-t-elle à sa princesse qui lui sourit.

Le petit nid d'amour

Richard tourne la clef dans la serrure, pénètre dans le studio en criant « Bérengère, Bérengère, j'ai trouvé notre futur nid d'amour ! » La jeune femme accourt à sa rencontre. Elle le presse de questions : « Quel quartier, quel étage, quel style, combien de pièces… »

Il l'arrête d'un geste.

« Je vais te montrer les photos, je l'ai pris sous tous les angles. Tu vas adorer. C'est très cosy, haut de plafond, et quand tu vas découvrir le bureau… En plus, le vendeur est prêt à nous céder le mobilier ».

Haut de plafond, dès que Richard a prononcé ces mots, Bérengère a frémi.

Sur le premier cliché, elle devine la façade fraîchement rénovée de l'immeuble, plutôt cossu. Mais son compagnon enthousiaste passe directement à sa pièce fétiche. « Admire cette bibliothèque, ses boiseries sculptées et le vieil escabeau sur lequel tu peux monter choisir les livres. Tu te rends compte, le propriétaire nous laisse l'ensemble de ses collections, Giono, Guitry, Maupassant… ! Et les deux bureaux ! Je suis certain qu'ils sont d'époque. C'est une véritable pépite. J'ai toujours rêvé de posséder un tel trésor » !

Bérengère reste sans voix.

Elle balaye du regard la photo sur laquelle semblent la défier des centaines de livres bien alignés, sur 10 hauteurs d'étagère. Elle, qui considère la lecture comme une perte de temps, demeure bouche bée. Une seule pensée lui vient à l'esprit « C'est un véritable nid à poussière ». Sa nature allergique l'a rendue maniaque au point de traquer sans cesse la moindre escarbille, le moindre poil, le moindre cheveu.

« Alors ? insiste Richard, qu'en penses-tu ? »

Bérengère est tétanisée. Elle prend soudain conscience que celui pour qui elle a eu un coup de foudre trois mois auparavant la connaît mal. Elle exècre le style ancien qui lui rappelle de mauvais souvenirs d'enfance.

Elle avait été confiée à la garde de ses grands-parents à l'âge de 8 ans quand ses parents avaient disparu dans un accident de voiture.

Subitement, elle a l'impression qu'un étau lui broie le cœur. Elle revoit le bureau sur lequel elle faisait ses devoirs, au milieu du salon austère de son grand-père, salon dont les murs étaient tapissés de livres poussiéreux. C'était un homme féru de littérature, mais dur, impénétrable, sanguin et parfois violent. Elle ne l'aimait pas. Elle l'avait surpris une fois, prêt à lever la main sur sa grand-mère. Elle s'était interposée et avait reçu une gifle magistrale en retour.

Entre les dictées quotidiennes et les lectures imposées par le vieil homme aigri, sa vie aurait pu prendre la tournure d'un camp de travail si la présence de sa mamie adorée n'avait pas compensé cette rigidité et cette froideur. La vieille femme était la douceur personnifiée. Sa générosité et sa bienveillance n'avaient d'égales que son sourire permanent et ses yeux empreints d'amour pour sa petite fille. Bérengère l'adorait.

L'adolescente n'avait d'ailleurs pas versé une larme lorsque son grand-père était décédé accidentellement d'une mauvaise chute. Au fond d'elle-même, elle se réjouissait de pouvoir se retrouver seule auprès de l'être qu'elle chérissait le plus au monde « Sa Mémé Lucie ».

Richard n'a pas remarqué le trouble de la jeune femme. Imperturbable, il continue à faire défiler les photos de son appartement de rêve. « Regarde la cuisine, rustique à souhait, comme j'aime, avec son revêtement en bois et ses couleurs naturelles. Ceci dit, c'est surtout toi qui vas y passer du temps, car je suis un piètre cuisinier », ajoute-t-il secoué par un petit rire nerveux.

Bérengère n'en croit pas ses yeux et ses oreilles. « Tu me fais une blague », murmure-t-elle.

Richard ne semble pas l'avoir entendue, complètement absorbé, il continue à commenter les photos sur son portable. « Je t'ai gardé le meilleur pour la fin. Voici notre chambre nuptiale. On gardera le lit à baldaquin, c'est tellement chic ! Et à côté il y a encore trois immenses chambres, deux pour nos futurs enfants et une troisième réservée à ma mère. C'est vraiment l'appartement idéal ! À vrai dire, j'ai déjà prévenu l'agence qu'on allait faire une offre dès ce soir, on ne peut pas passer à côté d'une telle affaire ! »

« Assez ! s'écrie Bérengère. Tu es devenu complètement fou ou c'est une caméra cachée ? Je n'imagine même pas vivre dans un tel environnement, c'est tout ce que je déteste ! »

C'est au tour de Richard de rester coi devant la femme de sa vie qui se met à maugréer : « Je ne suis pas restée célibataire jusqu'à 35 ans en rêvant de me retrouver un jour à faire le ménage et la cuisine à un vieux garçon macho et sa mère. Cet appartement c'est l'antithèse de mes goûts. Ça doit sentir le vieux et le renfermé. Moi j'ai envie d'un style contemporain, moderne et épuré ».

Puis elle se met à vociférer. « La moindre des choses aurait été qu'on fasse la visite ensemble, que tu tiennes compte de mon avis avant de t'engager auprès de l'agent immobilier. Tu es comme tous ces mecs friqués qui croient que l'argent leur confère tous les pouvoirs !

Et peux-tu me rappeler à quel moment je t'ai dit avoir envie d'une famille et d'une belle-mère dans les pattes ? Mon pauvre chéri, tu as vraiment confondu rêve et réalité ! ».

Richard, livide, demeure silencieux. Un tic nerveux agite son visage. Qu'est-il arrivé à la femme qu'il aime pour qu'elle se transforme ainsi en harpie ? Qui est cette hystérique qui s'agite à présent devant lui ? Sidéré, il assiste à la scène sans l'interrompre. « Elle est devenue folle », pense-t-il pendant qu'elle continue à l'invectiver en lui lançant à la figure des adjectifs plus dégradants les uns que les autres qu'il perçoit comme autant de jets de vitriole.

Devant ce déferlement de violence verbale, le jeune homme hébété ramasse ses affaires et se précipite vers la porte. Lorsqu'elle claque derrière lui et qu'il s'enfuit vers l'ascenseur, il n'entend pas Bérengère hurler « Tu me fais penser à mon grand-père. Il décidait toujours de tout à ma place, je n'avais pas mon mot à dire, je lui devais obéissance et servitude. Je le haïssais. Sa mort a été une délivrance, je ne regretterai jamais d'avoir poussé son escabeau ! »

L'enterrement de vie de jeune fille

À 28 ans, Emilie allait se marier dans une semaine avec Bertrand. Il avait 11 ans de plus qu'elle. C'était un célibataire endurci, un peu vieux jeu, un ami de longue date de la famille. Elle avait beaucoup d'affection envers lui, appréciait sa gentillesse et son sens de l'humour, admirait sa culture incontestée, mais n'éprouvait pas de véritables sentiments amoureux.

Le grand amour, elle l'avait connu huit ans auparavant en 1969. Il s'appelait Davy. Leur relation avait été passionnée. Un coup de foudre réciproque comme on en vit qu'une fois dans sa vie. Baccalauréat en poche, elle était partie un an à Londres en tant que fille au pair.

Lui, très sportif, suivait une formation dans le but de devenir professeur d'EPS. Ils s'étaient rencontrés au cours d'une soirée et ne s'étaient plus quittés.

L'année qui avait suivi son retour en France avait été compliquée. Dès qu'ils le pouvaient, les amoureux se retrouvaient d'un côté ou de l'autre de la Manche, mais c'était de façon épisodique et à chaque fois la séparation était déchirante. Elle préparait une licence d'anglais, vivait encore chez ses parents qui n'avaient pas de gros moyens.

Davy était également très absorbé par ses études qu'il finançait en faisant divers petits jobs le soir et les week-ends.

Devant les difficultés rencontrées, ils avaient décidé, d'un commun accord, de limiter leurs déplacements, le temps qu'Emilie obtienne son diplôme. Pendant six mois, ils s'étaient écrits chaque semaine, des lettres enflammées, ardentes, exprimant leur passion. Elle était allée le retrouver quinze jours pendant les vacances d'été. Ils étaient en totale osmose. Ils avaient repris leurs échanges épistolaires puis du jour au lendemain le jeune homme n'avait plus donné signe de vie.

Inquiète, dès qu'elle avait pu se libérer, Emilie s'était rendue sur place à Londres, mais Davy avait déménagé sans laisser d'adresse. Étrangement, il avait abandonné ses études et aucun de ses amis londoniens dont le malaise était palpable n'avait su ou voulu lui fournir plus d'informations.

Elle était rentrée en France, mille questions en tête : une autre femme ? La lassitude ? La peur de s'engager ? La distance ?

Profondément malheureuse, elle avait mis des mois à se remettre de cet abandon. Le sport avait été sa bouée de secours. Passionnée de basket, elle s'y était remise à fond et avait intégré un club. La plupart de ses week-ends étaient consacrés à la compétition, ce qui lui convenait parfaitement, car fragilisée sur le plan sentimental, Emilie avait renoncé à toute relation amoureuse et ne sortait que très rarement. Elle avait brillamment obtenu sa licence d'anglais et enseignait au sein d'une école privée.

Les années passant, de guerre lasse, elle avait fini par accepter d'épouser Bertrand qui lui faisait une cour discrète, mais assidue depuis des années.

Elle avait souhaité un mariage intime, mais n'avait pu échapper à la journée d'enterrement de vie de jeune fille préparée par ses meilleures amies. Elle ignorait le programme, mais leur faisait confiance.

Après avoir déjeuné en ville dans un restaurant gastronomique, ses amies, qui connaissaient sa passion sportive, l'avaient emmenée voir une exposition photographique en noir et blanc, dédiée aux sports collectifs. La belle surprise avait été sa rencontre avec Jean-Claude Bonato, un des meilleurs basketteurs français du moment. Il lui avait dédicacé une photo et remis des invitations VIP en vue d'une soirée caritative prévue le soir même à Nice. Lors de cet évènement auquel le joueur participerait, la jeune femme serait conviée à croiser d'autres invités de prestige appartenant à la NBA.

Cette soirée était dédiée au basket handisport, hélas trop méconnu des non-initiés.

Ses amies avaient eu du mal à contenir l'impatience d'Emilie qui piaffait à l'idée de rencontrer des têtes d'affiche du playoff.

Elle ignorait qu'un évènement imprévisible allait bouleverser sa vie.

À 20 h précise, le groupe de copines pénétrait à l'intérieur du Palais des Expositions.

L'atmosphère était festive. Les spectateurs, entraînés par un speaker enthousiaste, tapaient des pieds et des mains au rythme de la musique d'ambiance. La rencontre amicale entre l'équipe antiboise et une équipe internationale, composée pour l'occasion de joueurs américains et européens, remporta un franc succès. Les supporters étaient comblés.

Ce moment d'euphorie passé, les basketteurs valides laissèrent la place à deux équipes en fauteuil roulant.

C'était la première fois qu'Emilie assistait à ce type de rencontre. Comme l'ensemble de la salle, elle fut stupéfaite par la dextérité de ces joueurs qui faisaient corps avec leur fauteuil.

L'un d'entre eux était particulièrement adroit et remportait un franc succès auprès du public. Mais ce n'était pas lui qu'Emilie avait remarqué. Voilà quelques minutes qu'elle ne quittait plus des yeux un des joueurs anglais. Tous ses sens étaient en émoi. Elle l'aurait reconnu entre mille. « Davy », murmura-t-elle.

À la fin de la rencontre, elle entraîna ses amies vers les vestiaires. Il fallait qu'elle sache. Il fut le dernier à sortir. À sa vue, il devint aussi pâle qu'elle. Leurs regards s'accrochèrent à nouveau comme la première fois et elle sut immédiatement que leurs sentiments étaient toujours intacts. Elle apprit un peu plus tard que victime d'une chute dans un escalier, il s'était retrouvé paraplégique. Ne voulant pas lui faire supporter cette charge, il avait préféré disparaître de sa vie.

À présent qu'elle l'avait retrouvé, elle ne comptait pas le laisser repartir seul.

Le sculpteur

Il a passé des jours et des nuits à modeler cette statue faisant et refaisant des essais à l'infini avec de la cire afin d'obtenir la perfection.

Il a mis le plus grand soin à choisir son marbre de carrare pour reproduire l'image qu'il a en tête depuis des mois. Son dos et ses épaules sont douloureux, mais son cœur est rempli d'allégresse. Il vient d'achever son œuvre, son chef-d'œuvre.

Sa déesse est figée devant lui. Elle lui offre sa grâce, sa nudité et sa blancheur immaculée. Il est bouleversé.

Il s'éloigne de deux pas afin de mieux l'admirer, titubant légèrement, fatigué et grisé par le plaisir de la création.

Il se délecte de ses formes généreuses, le galbe de ses hanches, sa poitrine opulente, son port de tête altier et son visage juvénile sur lequel il a dessiné un sourire.

Par pudeur, l'artiste vient disposer une large étole sur les épaules et la poitrine de sa belle.

Il est dans un tel état de béatitude devant tant de beauté qu'il n'est pas étonné lorsqu'elle lui murmure :

« Tu en as mis du temps avant de me donner enfin vie. Je me demandais si je verrais le printemps arriver un jour. L'hiver a été si long et si froid, enfermée dans ce bloc de roche !

— J'ai tellement rêvé de toi que je me suis attardé sur des détails, je te voulais parfaite !

— Es-tu satisfait du résultat ?
— Oui, au-delà de mes espérances »

Sa princesse s'étire langoureusement, minaude, resserre le châle autour de son cou gracile puis incline lentement la tête vers le bas de son corps et en découvre les lignes.

Quand elle relève le regard, son sourire s'est estompé.

« Il y a un problème », fait-elle remarquer.
« Mes jambes sont fuselées, mes pieds petits et harmonieux, mais je ne peux pas descendre de ce socle beaucoup trop haut ! »

Ivre de bonheur, le sculpteur s'élance dans sa direction pour l'aider, tendant brusquement sa main vers elle.
Le geste est si brutal qu'il heurte malencontreusement la statue qui vacille un instant sur sa base, avant de se fracasser sur le sol.

La demande en mariage

Debout devant le miroir de la salle de bain, Agathe observe sa silhouette longiligne, presque maigre. Elle ne reconnaît plus ce visage creusé, ces yeux tristes et cernés. Elle enfile un pantalon de jogging, un tee-shirt et attache ses cheveux sans forme avec un élastique.

Quand elle traverse la chambre, son regard tombe sur une photo d'elle riant aux éclats. Elle date de deux ans en arrière. Elle se souvient très bien du jour et du lieu où Jérôme avait saisi cet instantané. C'était sur le port de Golfe-Juan, quelques jours avant qu'il ne la demande en mariage.

Ils se fréquentaient depuis huit mois, mais ne vivaient pas ensemble. Au début de leur idylle, elle était si méfiante qu'il avait fallu beaucoup de patience au jeune homme avant de l'apprivoiser. Lui avait eu un coup de foudre et ne s'en était pas caché. À 34 ans, il en était certain, elle était la femme de sa vie.

Mais Agathe ne voulait entendre parler ni de mariage ni même de pacs.

Quand il avait fait sa demande ce jour-là, elle était restée muette devant lui, secouant la tête de gauche à droite, les mains en avant dans un geste de protection. Il avait tenté de l'enlacer, mais elle avait balbutié « Je ne peux pas, je ne peux pas ».

Sa réaction avait beaucoup attristé le jeune homme pour qui le mariage était le symbole de l'engagement, la reconnaissance inconditionnelle de leur amour. Il ne comprenait pas ses réticences. Elle n'avait pas su ou voulu lui donner d'explications.

Les jours suivants, Jérôme n'avait plus osé aborder le sujet. Agathe était braquée. Il fallait qu'il se résigne, leur mariage n'était pas à l'ordre du jour. Quelques semaines plus tard, il avait émis l'idée que sans se marier ils pourraient envisager de s'installer ensemble. N'habitant pas la même ville, les allers-retours entre leurs deux appartements commençaient à peser sur leur vie de couple.

Elle n'avait pas dit non, mais avait réservé sa réponse. Jérôme avait encore dû patienter trois mois. Au bout d'un an, ils avaient fini par dénicher un charmant trois-pièces à mi-chemin de leur travail respectif. Ils s'y étaient installés après l'avoir rénové à leur goût.

Agathe avait appris à mieux connaître son compagnon et s'était attachée à lui au fil des mois. Tous deux avaient été acceptés par leur famille respective, presque sans concession. Presque, car le père de Jérôme, un homme conservateur, très attaché aux traditions, abordait régulièrement le sujet du mariage. Ses trois filles étaient mariées et il ne pouvait imaginer qu'il n'en soit pas de même pour son fils aîné.

À chaque fois le jeune couple éludait la question.

Un soir Jérôme avait relancé le sujet avec beaucoup de délicatesse. Il avait longuement exposé ses arguments à Agathe. Il considérait le mariage comme un acte d'amour. Officialiser les sentiments qu'il avait envers elle était la plus belle chose qu'il pouvait lui offrir.

Agathe l'avait écouté attentivement sans l'interrompre avant de murmurer du bout des lèvres « Laisse-moi encore un peu de temps. Je ne suis pas contre le mariage, mais je ne suis pas prête même si je t'aime. »

Le jeune homme n'avait pas réussi à obtenir plus de confidences de sa compagne.

À sa grande surprise quelques semaines plus tard c'est elle qui avait évoqué le sujet. Le bonheur du jeune homme avait été de très courte durée quand Agathe avait posé ses conditions. Elle accepterait de se marier si c'était dans la plus stricte intimité en présence de leurs seuls témoins. Pas de famille, pas d'amis.

Jérôme savait que s'il acceptait ce qu'il considérait presque comme un ultimatum, son père ne lui pardonnerait jamais.

Pris en tenaille entre l'amour qu'il portait à Agathe et son amour filial, il se trouvait désemparé.

Il avait tenté de négocier, espérant qu'elle accepte au moins la présence de leurs parents respectifs. La jeune femme lui ayant opposé une fin de non-recevoir, les deux amoureux avaient fini par se disputer violemment.

Jérôme était parti en claquant la porte, emportant quelques effets personnels.

15 jours s'étaient écoulés, Agathe était sans nouvelle. Elle traînait sa peine comme un boulet à travers chaque pièce de l'appartement.

Elle s'en voulait terriblement, surtout de ne pas lui avoir exposé les raisons de son hostilité au mariage. Elle pensait le traumatisme profondément enfoui au fond de sa mémoire, mais il avait suffi qu'il évoque l'idée pour qu'il remonte à la surface.

Elle était loin d'être guérie en dépit de ses deux années de thérapie.

La sonnerie de son portable interrompt ses pensées. C'est la troisième fois que sa mère tente de la joindre en moins d'une demi-heure. Elle finit par décrocher. Celle-ci lui explique qu'elle vient d'avoir la visite de Jérôme, complètement perdu. Bien qu'ayant juré à sa fille de garder le secret, elle a tout révélé au jeune homme, estimant que le bonheur du couple était en jeu et qu'il n'y avait rien de répréhensible à lui dire la vérité.

Quand Agathe raccroche, elle est tétanisée.

Elle se revoit sept ans plus tôt. Elle a 25 ans. Elle entre à la mairie au bras de son père. Elle est heureuse, rayonnante dans sa robe de mariée. Elle va épouser l'homme de sa vie. Ils se sont connus à l'adolescence et leur amour s'est consolidé au fil des ans. Tous les invités, une centaine, n'ont pas pu prendre place dans la salle des mariages.

Elle revoit l'instant solennel où le maire s'est tourné vers elle en lui demandant si elle voulait bien prendre pour époux l'homme debout à ses côtés. Elle a répondu « oui » d'une voix claire, avec un beau sourire, sans hésitation.

Et puis l'édile a posé la même question au futur marié. Un long silence s'en est suivi et la question a été réitérée. Du bout des lèvres, presque inaudible, il a répondu « non ».

Elle se souvient avoir pivoté vers lui, mais avant qu'elle n'ait pu lui parler, il avait tourné les talons et s'était enfui en compagnie d'une jeune femme qui l'attendait au fond de la salle.

La pièce s'était mise à tourner autour d'elle et elle avait perdu connaissance.

Le réveil avait été douloureux. Elle se sentait si humiliée qu'elle avait peu à peu perdu toute confiance en elle.

Quand elle avait appris quelques semaines plus tard qu'elle était enceinte, elle avait refusé cette grossesse et s'était fait avorter.

Elle avait alors sombré dans une terrible dépression pendant deux ans.

Le cliquetis de la serrure de la porte d'entrée la sort de sa torpeur. Jérôme se tient devant elle, le visage défait. Il s'approche doucement et la prend tendrement dans les bras en lui demandant pardon de ne pas avoir deviné sa souffrance. Elle se laisse aller contre lui, comprenant qu'elle va enfin pouvoir tourner la page.

Double jeu

Alicia a les joues écarlates d'excitation et le cœur palpitant. Les dernières retouches de sa robe de mariée ont été effectuées. À la vue de sa silhouette dans le grand miroir de la cabine d'essayage, elle s'est mise à rougir comme une collégienne. La robe tombe parfaitement mettant en valeur sa silhouette gracile et ses épaules délicates. Le regard d'admiration de la vendeuse et ses encouragements ont fait disparaître ses derniers doutes. Elle se trouve jolie. Elle veut tant plaire à son futur mari.

Plus qu'une semaine avant d'épouser Gaël, l'homme de sa vie. Elle rêve de ce moment depuis tellement d'années !

Pourtant, gagner son cœur a été un chemin long et périlleux.

Ils s'étaient rencontrés sur les bancs du lycée.

Malheureusement à cette époque, Gaël fréquentait déjà sa sœur jumelle, Ninon, dont il était follement épris. Alicia était transparente à ses yeux.

Il faut dire que même si physiquement elles se ressemblaient comme deux gouttes d'eau, les deux sœurs avaient des caractères et des styles très opposés. Ninon était une jeune fille sociable, dégourdie, allant toujours de l'avant, particulièrement cultivée. Elle savait mettre en valeur ses atouts.

Alicia à l'inverse, faisait un peu office de vilain petit canard. Elle était loin d'être stupide, mais elle se faisait si discrète qu'on la remarquait à peine, surtout si sa sœur était présente. Elle ne faisait aucun effort vestimentaire, ne se maquillait pas et gardait souvent les cheveux attachés. Elle souriait si peu qu'elle semblait faire la tête en permanence, n'attirant pas la sympathie. Son entourage la trouvait parfois agressive.

La relation entre les deux sœurs n'était pas celle qu'on aurait pu imaginer entre jumelles. Elles avaient peu de points communs et aucune complicité. Au fil du temps, leur relation était même devenue distante. Plus Ninon brillait en société, plus Alicia semblait se ternir.

Quand Ninon n'avait eu d'autre choix que de quitter la région pendant deux ans pour achever ses études de lettres, les amoureux avaient décidé de se fiancer avant son départ. La séparation avait été un déchirement. Gaël fraîchement diplômé en informatique venait de décrocher son premier emploi dans la même Entreprise qu'Alicia. Elle y travaillait déjà en tant qu'employée administrative. Le jeune homme s'était naturellement rapproché de sa future belle-sœur et lui parlait beaucoup de Ninon.

Ce qu'il ignorait c'est qu'Alicia était secrètement amoureuse de lui et qu'elle était prête à tout pour le séduire. L'éloignement de sa jumelle était une opportunité qu'elle n'allait pas laisser passer. Sa détermination était totale.

Elle se rendait autant que possible disponible, toujours prête à recueillir les confidences du jeune homme et ses états d'âme. Elle profitait du moindre moment de faiblesse de Gaël et insinuait le doute dans son esprit. Distillant son venin à faible dose, elle sous-entendait que sa sœur fréquentait plus les soirées étudiantes que les cours, qu'elle était très proche d'un de ces colocataires… Et ce petit jeu malsain fonctionnait à merveille. Quelques disputes avaient éclaté entre les amoureux.

Peu à peu, Alicia était sortie de sa chrysalide et la souris grise s'était transformée en un clone de Ninon. Elle avait si bien observé sa sœur, pendant des années, qu'elle avait réussi à calquer ses expressions et sa gestuelle. La perfide Alicia tissait sa toile jour après jour et se réjouissait du trouble du jeune homme. Elle avait gagné une première victoire lorsqu'un jour par mégarde il l'avait appelée Ninon.

Sa sœur s'était réjouie de la transformation physique de sa jumelle même si elle appréciait peu le fait que de plus en plus de gens finissaient par les confondre.

Et puis il y eut ce fameux soir. Alicia s'était invitée chez Gaël qui attendait Ninon en début de week-end. Le jeune homme ne s'était pas méfié quand la sonnette de l'entrée avait retenti. Persuadé que c'était sa fiancée, il avait ouvert la porte, confiant. Alicia n'était pas dans son état normal, elle avait bu. Elle s'était agrippée à lui en l'embrassant sur la bouche. Il avait tenté de la repousser, mais elle avait trébuché. Voulant la retenir, il s'était laissé entraîner et tous deux avaient chuté sur le canapé au moment où Ninon arrivait.

À la vue des deux corps enlacés, Ninon avait tourné les talons et s'était enfuie, bouleversée.

Gaël avait couru, tenant de la rattraper, sans succès. Ninon, meurtrie, refusait de lui parler. Elle s'était mise aux abonnés absents et le jeune homme, très malheureux, n'avait pas pu avoir une franche explication avec elle.

Il avait hésité à démissionner de son poste d'ingénieur voulant éviter de croiser Alicia à qui il en voulait terriblement et qui lui rappelait trop sa fiancée. Il s'était ravisé se disant qu'après avoir détruit sa vie amoureuse il n'était pas question qu'elle détruise sa vie professionnelle.

Les premières semaines il avait soigneusement évité de la croiser dans les couloirs du bâtiment administratif.

Et puis un beau matin, il était allé lui apporter des croissants, histoire de faire la paix.

Alicia était sur un nuage. Gaël avait commencé à lui faire une cour discrète, l'invitant au restaurant, au cinéma. Ils n'évoquaient jamais Ninon, le sujet était tabou.

En dehors de quelques baisers chastes sur les lèvres, Gaël n'avait aucunement cherché à aller plus loin. Ce petit manège avait duré un mois. Alicia se pâmait au bras du jeune homme, impatiente et excitée. Quand il lui avait demandé de l'épouser, elle n'avait pas été étonnée, elle était si sûre d'elle. Elle avait atteint son but. Sa victoire était totale. Il avait posé une seule condition, ce serait un mariage intime. Juste elle, lui et deux témoins.

Toujours plantée devant le miroir de la boutique, Alicia s'admire sur toutes les coutures, de face, de profil, faisant virevolter sa robe autour de ses jambes. Elle ose même quelques pas de danse et entonne la marche nuptiale.

Elle n'a pas remarqué le couple qui vient d'entrer et qui l'observe, un sourire narquois sur leurs lèvres. Gaël et Ninon se tiennent tendrement enlacés, derrière elle, chacun arborant une alliance en or à l'annulaire gauche.

Promesse tenue

Dès qu'il sort de l'école, Jordy fonce au garage de son oncle Gérald qu'il surnomme affectueusement Gégé.

Passionné de mécanique auto, le garçon de 12 ans vient s'enivrer du mélange des odeurs d'huile et d'essence. Il peut rester des heures à observer les employés monter et démonter un moteur, changer un joint de culasse ou faire une vidange. Quand il admire les véhicules hissés vers le plafond sur le pont élévateur, il reste bouche bée, se demandant comment elles peuvent tenir ainsi, les roues au-dessus du vide.

« Moi aussi, quand je serai grand j'aurai mon garage », ne cesse-t-il de clamer à sa mère quand elle vient le récupérer pour qu'il aille faire ses devoirs.

Non seulement Gérald est gérant d'un garage, mais il est aussi fou de vieilles voitures. Il en possède plusieurs. Célibataire, sans enfant, il emmène régulièrement son neveu en balade dans sa Triumph TR6 ou sa MG. Son rêve est de posséder une Chevrolet Corvette, une belle Américaine. « Tu seras le premier à l'essayer lorsque je l'aurai trouvée », a-t-il promis à l'enfant. Il se fait toujours fort de tenir ses promesses vis-à-vis de lui.

Âgé de 25 ans, c'est le jeune frère de la mère du gamin. Il est plutôt protecteur vis-à-vis de son neveu qui a perdu son père très tôt, de façon accidentelle.

Sa sœur dit souvent qu'il n'est pourtant pas vraiment un exemple à suivre. Plutôt flambeur, le bellâtre collectionne non seulement les voitures, mais aussi les conquêtes féminines. Certains hommes s'exercent à la guitare et charment ces demoiselles le soir devant un feu de bois, Gérald use d'un autre stratagème. Il lui suffit d'arriver au volant d'une rutilante Chevrolet ou d'une Aston Martin pour qu'elles succombent à son charme. Narcissique, il n'aime pas qu'on lui fasse de l'ombre et quand une femme lui plaît, son seul objectif est de la mettre dans son lit.

Les années ont passé. Jordy, de plus en plus passionné de mécanique auto s'est tourné vers la compétition. Auréolé de son titre de champion national de karting, il a signé un contrat avec un célèbre constructeur automobile dans le but de faire des rallyes.

À 24 ans, il a cessé depuis longtemps de compter le nombre de conquêtes de son oncle, car peu à peu, Gégé a déteint sur Jordy. Le pilote est devenu un concurrent sérieux vis-à-vis de son oncle auprès de la gent féminine. Son aisance naturelle et son élégance ne laissent pas insensibles les femmes, sa notoriété montante non plus.

Une sorte de compétition s'est établie entre les deux hommes, un duel malsain de mâles vaniteux plutôt machistes. Gérald, plus expérimenté, est le plus retors, se faisant fort à chaque fois qu'il le peut de piquer les petites amies de son neveu. De ce fait, l'admiration que Jordy lui portait a fait place peu à peu au ressentiment.

C'est au cours d'une soirée privée que Cassie, une jeune mannequin américaine de 26 ans leur est présentée. Tous deux sont irrémédiablement conquis par sa beauté et son charisme.

Pour Gérald, c'est un vrai coup de foudre, une révélation. Pour Jordy, un simple coup de cœur, un de plus.

Chacun d'eux ayant décidé de conquérir la belle, un vrai combat de coqs s'annonce. Les jours suivant la rencontre, ils ont failli en venir aux mains. L'oncle, fou amoureux, a supplié son neveu d'abandonner la partie, mais Jordy a la rancune tenace. Il n'a aucunement l'intention de concéder du terrain à celui qui ne lui inspire plus que du mépris.

Ayant réussi à charmer Cassie, le sportif téléphone à son oncle. Il l'invite à passer chez lui. Il veut lui parler. Ce dernier ignore tout de l'idylle qui s'est formée entre les deux jeunes gens.

En arrivant à l'appartement, Gégé a le sourire aux lèvres, convaincu que Jordy va abdiquer et lui laisser le champ libre.

Quand il reconnaît les vêtements de la jeune femme qui traînent sur le canapé du salon, il blêmit : « Comment as-tu osé ? articule-t-il, rageur. Où est-elle ? »

Ironique, Jordy répond « dans mon lit sans doute ou sous la douche peut-être ».

Furieux, Gérald se précipite sur lui. Les deux hommes s'empoignent, le combat est rude. Ils se rendent coup pour coup jusqu'à ce qu'une droite bien placée mette Gérald à moitié KO.

Quand celui-ci commence à retrouver ses esprits, son neveu, goguenard, s'agenouille près de lui, se penche à son oreille et lui remémore alors la promesse qu'il lui avait faite autrefois au sujet de la belle Américaine.

« Souviens-toi, tonton, lui susurre-t-il. Tu m'avais dit : tu seras le premier à l'essayer quand je l'aurai trouvée. Merci, tonton, c'est ce que j'ai fait ».

Ranimer la flamme

Quand Viviane arrive dans la chambre après être passée à la salle de bain et avoir enfilé sa jolie nuisette, Armand s'est déjà endormi. Elle est accueillie par ses ronflements sonores. Elle soupire de découragement, hausse les épaules, se glisse doucement dans le lit sans le réveiller et vient se blottir contre sa chaleur.

Vingt ans qu'ils sont mariés. Ils s'aiment, mais la flamme du désir est en train de vaciller. Ils font encore l'amour, mais de façon routinière. Se connaissant par cœur, ils ne se surprennent plus.

Viviane sent que son mari devient plus distant et que son regard s'attarde de plus en plus sur les autres femmes, souvent plus jeunes. Elle se sent tristement désarmée devant ce constat. Pourtant à 43 ans elle est toujours pleine d'allant et s'estime capable de séduire. Accaparée par son rôle de maman et par son métier chronophage d'assistante sociale, son couple est passé peu à peu au second plan.

Armand et elle se sont comme endormis sur leurs lauriers. Même s'ils forment une famille unie, entourés de leurs trois enfants, ils se sont oubliés.

Viviane se fait la promesse d'évoquer très vite le sujet avec Armand avant qu'il ne soit trop tard.

Une semaine plus tard, il est 21 h 30, quand Armand pénètre dans le hall du grand hôtel Plaza.

Il se dirige directement vers le bar-lounge, s'installe sur un tabouret haut et commande un Mojito. Il embrasse du regard la salle. L'atmosphère du lieu est feutrée, les éclairages discrets. Quelques couples parlent à voix basse, échangeant des œillades prometteuses.

À peine 10 minutes se sont écoulées quand il voit arriver une femme brune, élégante, vêtue d'une robe noire moirée, un châle rouge négligemment posé sur ses épaules. Elle s'installe sur un fauteuil un peu à l'écart. Il l'observe discrètement. Il lui donne une quarantaine d'années. Elle est tout à fait son genre de femme.

Elle fait signe au serveur qui s'approche pour prendre sa commande.

Elle semble un peu fébrile. En attendant son verre de Baileys, elle jette un coup d'œil à son portable, ouvre et referme sa pochette nerveusement à plusieurs reprises. Elle n'a pas l'air à l'aise.

Armand se dit que ce n'est pas une cliente habituelle. Elle ne semble attendre personne.

Alors il se lance. Son verre à la main, il s'approche d'elle, se courbe poliment et lui demande s'il peut lui tenir compagnie.

Elle lève ses jolis yeux verts vers lui, le détaille de la tête aux pieds, lui sourit et accepte, d'un hochement de tête, qu'il s'installe en face d'elle.

Le barman, témoin de la scène et habitué de ce type de rencontre, parie qu'après moins d'une demi-heure, les deux inconnus partiront ensemble.

Il épie leurs gestes, surprend leurs gloussements, décrypte leur jeu de séduction. Parfois la femme rougit, se mord la lèvre, remet une mèche de sa chevelure en place. L'homme plus à l'aise s'est rapproché d'elle, lui a saisi le poignet avant d'y déposer un baiser.

Puis tous les deux se lèvent. Elle se dirige vers l'ascenseur pendant qu'il règle les boissons. Il la rejoint et l'enlace. Le couple s'engouffre dans la cabine et disparaît à ses yeux.

Viviane se sent d'humeur joyeuse ce dimanche matin. Elle chantonne. Elle vient de rentrer. Elle a peu dormi cette nuit. Encore vêtue de sa robe noire moirée toute froissée, elle commence à se déshabiller quand elle entend s'ouvrir la porte d'entrée. Armand apparaît, un sourire béat aux lèvres. Leurs yeux complices se croisent, ils n'ont pas besoin de se parler.

La métamorphose

Depuis sa tendre enfance, Claire avait toujours été entourée de garçons. Elle était la seule fille issue d'une lignée de petits gars. Fille unique, elle avait rarement été en reste quand il s'agissait de faire les quatre cents coups avec ses cousins. À l'adolescence, elle était devenue un vrai « garçon manqué », tant sur le plan mental que physique. Pourtant, en dépit de ses cheveux mi-longs éternellement attachés par un élastique, de son allure négligée un peu bohème, jean troué, tee-shirt, pull et tennis, elle avait une jolie silhouette. Son visage avait des traits réguliers éclairés par de très grands yeux bleus malheureusement dissimulés derrière une paire de lunettes épaisses du fait de sa myopie. Deux jolies fossettes qui renforçaient son sourire naturel lui donnaient beaucoup de charme.

Du collège jusqu'au lycée, la majorité de ses copains avaient été de sexe masculin. Elle recueillait très souvent leurs confidences, écoutait leurs histoires de cœur, les conseillait, bien qu'elle ne soit pas la mieux placée dans le domaine. Elle-même avait bien eu quelques aventures, mais rarement très sérieuses.

Les hommes, généralement, Claire les fuyait. Dès que l'un d'entre eux s'intéressait de trop près à elle, la jeune femme se refermait comme une huître. Tant que la relation restait sur un plan amical, tout allait pour le mieux. Elle s'était ainsi construit une carapace, sans vraiment en comprendre la raison, mais au fond d'elle cela la rendait malheureuse.

Une fois ses études de comptabilité achevées, elle avait été embauchée par une entreprise de bâtiment. Une fois de plus, elle se retrouvait dans un monde très masculin où elle s'intégrait parfaitement.

Son collègue Gaëtan, avec qui elle partageait le bureau, aurait pu être son jumeau. Aussi myope qu'elle, il portait le même style de lunettes et s'habillait de façon démodée. En revanche à la différence de Claire qui avait un caractère bien tranché, il restait si discret que parfois elle en oubliait son existence.

C'est Laurent, un jeune commercial dynamique nouvellement embauché, qui allait bouleverser bon nombre de ses certitudes.

Dès son arrivée elle fut immédiatement conquise par sa poignée de main franche, son sourire et le charisme qu'il dégageait. Elle se surprit à rougir en bégayant quelques mots de bienvenue. À compter de ce jour, elle ne vécut plus que dans l'attente des rares moments où ils se croisaient.

Claire était en charge, entre autres, des notes de frais des commerciaux. Elle vivait la vie de Laurent par procuration à travers ses nombreux déplacements sur le territoire national. En réalité, leur relation n'avait pas évolué. Ils étaient de simples collègues. Lui ne semblait apprécier Claire que pour son professionnalisme.

La situation ne semblait pas devoir évoluer. Les congés annuels approchaient, la Société allait fermer trois semaines en août, ce qui désespérait la jeune femme. Elle n'avait fait aucun projet de vacances.

C'est vers sa grand-mère qu'elle se tourna. Mamé, comme elle la surnommait, vivait dans les Alpes-de-Haute-Provence. C'était une femme à l'écoute, de bons conseils, qui l'avait toujours soutenue et encouragée.

Claire fit sa valise et débarqua à Sisteron.

Quand Mamé vit arriver sa petite-fille et son air tristounet, elle en devina immédiatement la cause. Le soir même, après l'avoir régalé de beignets de fleurs de courgettes et de petits farcis, elle obtint ses confidences.

Cette longue conversation permit enfin à Claire de mettre des mots sur ses maux. Elle comprit qu'elle s'était forgé une armure afin de ne pas devenir à l'identique de certains clichés féminins que ses cousins et ses copains agitaient devant elle. Elle avait si parfaitement réussi à se fondre dans ce milieu d'hommes qu'elle en avait peu à peu perdu sa féminité. Afin d'attirer l'attention de Laurent, sa mamie lui suggéra de changer son image. Elle lui établit un programme pour la semaine.

En premier lieu, elle l'entraîna au marché le lendemain même de son arrivée. Claire, réticente au départ, se laissa convaincre par deux robes, trois jupes et trois hauts assortis qui mettaient en valeur sa silhouette gracile. Elle compléta ses achats par deux paires de sandales à semelles plates et une paire de ballerines, car elle était incapable de marcher sur des talons.

Quand elle essaya l'ensemble de ses emplettes devant le miroir de l'entrée de la maison, elle se reconnut à peine.

Mamé s'exclama « Enfin je redécouvre ma princesse qui se déguisait en garçon ! » Elle sortit d'un tiroir une jolie chaîne en or qu'elle attacha au cou de Claire.

Elle en profita pour ôter l'élastique qui retenait les cheveux de la jeune fille, mais hochant la tête, décida de lui prendre rendez-vous chez le coiffeur au plus vite. À la fin de la semaine, la transformation physique de Claire était déjà remarquable. Celle-ci surprit même le regard admiratif de certains hommes sur son passage. Elle se dit que c'était de bon augure.

Après trois semaines de congés, c'était bien la première fois qu'elle avait aussi hâte de reprendre le chemin du bureau.

Heureux de la revoir, son collègue Gaëtan l'accueillit avec intérêt et lui, si discret habituellement, ne fut pas avare de compliments sur son nouveau look. Elle en rosit de plaisir, mais attendit impatiemment l'arrivée de Laurent, curieuse de connaître sa réaction. Il arriva une demi-heure plus tard, accompagné de deux nouvelles assistantes qu'il présenta à tous ses collègues. Il eut à peine un regard vers Claire. On aurait dit un jeune coq au milieu de sa basse-cour. Il pérorait, s'esclaffait sans cesse et le pire était que ses autres collègues masculins entraient dans son jeu.

Seul Gaëtan assis derrière son bureau observait la scène, l'air désolé.

Claire referma la porte derrière eux. Elle retourna s'asseoir, les yeux embués. Gaëtan conscient de sa déconvenue s'approcha d'elle. Il lui avait préparé un café et acheté quelques viennoiseries comme il le faisait chaque lundi depuis un an.

En le remerciant, elle croisa son regard et ce qu'elle y découvrit la laissa bouleversée. Jamais aucun homme ne l'avait regardée ainsi. Elle prit soudain conscience qu'il ne portait plus ses horribles lunettes et qu'il avait changé de style vestimentaire. Il était plutôt bel homme. Elle sourit. Ils avaient eu la même idée : changer de look afin d'attirer le regard de l'autre.

La différence entre eux, c'était que Claire avait plu d'emblée à Gaëtan, malgré ses airs de garçonne !

Vendredi 13

Allongée sur son lit, Clémence ramène lentement les genoux vers la poitrine. Elle ressent une légère tension dans les lombaires, elle adore cette sensation d'étirement. Elle relâche doucement ses articulations et étend progressivement les jambes. Elle réitère l'exercice trois fois puis se détend totalement, membres écartés, aussi molle qu'une poupée de chiffons.

Ce matin, elle ne va pas travailler. Elle a posé une journée de RTT.

Elle ne sort jamais de chez elle quand le 13 du mois tombe un vendredi.

Elle est superstitieuse.

Aussi loin que remontent ses souvenirs, la superstition a fait partie de sa vie.

Enfant, elle se souvient des mises en garde récurrentes de sa grand-mère.

Les jours de pluie, elle lui interdisait d'ouvrir son parapluie à l'intérieur pour le faire sécher, prétextant que ça portait « malheur » sans lui en avoir donné la raison. De la même façon, quand elle allait dans le jardin, la vieille femme lui rabâchait de ne surtout pas passer sous l'échelle. Sans compter la fois où elle avait, par mégarde, laissé tomber un petit miroir de salle de bain qui s'était brisé. Sa grand-mère avait accouru affolée lui prédisant 7 ans de malheur.

Traumatisée, Clémence se souvient que l'été suivant elle avait tenté de refuser d'aller en vacances chez ses grands-parents. Son père ne lui avait pas donné le choix.

C'est ainsi que chaque été, pendant une dizaine d'années, elle n'avait eu d'autre option que de subir les croyances de l'aïeule. Peu à peu, son cerveau avait assimilé ces craintes.

Inconsciemment, il lui arrive de changer de trottoir à la vue d'un chat noir, de toucher du bois ou de croiser les doigts afin de conjurer le mauvais sort.

Aujourd'hui, quand elle organise des fêtes, elle veille en premier lieu à ce que le nombre de convives soit inférieur ou supérieur à 13.

Les superstitions ont la dent dure.

Ce vendredi 13 juillet, Clémence a décidé de rester à l'abri chez elle.

Elle ne prendra aucun risque. Pourquoi tenter le sort en s'exposant à un accident sur la route, un incident sur son lieu de travail, un problème à la cafétéria ! Elle se remémore ce fameux vendredi 13 où elle avait failli se faire renverser en traversant sur un passage piéton en centre-ville. Elle n'avait évité l'accident que grâce à l'intervention d'un passant qui l'avait retenue au moment où une moto lancée à vive allure brûlait le feu rouge.

Clémence s'étire à nouveau, profitant de ce moment privilégié.

Il est déjà 9 h. Son emploi du temps est tout trouvé. Elle va se préparer un copieux petit déjeuner qu'elle va apprécier, installée sur sa loggia face à la mer. Après quoi, elle éteindra son portable afin de ne pas être dérangée et se plongera avec délice dans la lecture du dernier tome de la trilogie de Katherine Pancol.

Vers 13 h, elle prendra une douche rafraîchissante, car la journée s'annonce très chaude. Elle s'octroiera un encas, pas plus, avant de retourner vivre dans le monde imaginaire de son auteure préférée.

En début de soirée, elle prévoit d'appeler sa sœur qui vit à New York. Elles ont décidé de se voir en octobre. Elles ne se sont pas serrées dans les bras depuis trois ans. Trop long, pense Clémence, sa sœur lui manque.

Heureusement, Jeff, son petit ami, arrive ce soir. Voilà quinze mois qu'ils se fréquentent. Ces allées et venues entre Antibes et Grenoble sont frustrantes. Par bonheur, à la rentrée prochaine, Jeff a obtenu sa mutation à Cannes. Ils vont pouvoir s'installer ensemble.

Cette évocation fait sourire Clémence et la décide à se lever.

Sa matinée va se dérouler selon ses plans.

Il est 13 h 10 quand elle ouvre le parasol sur son balcon, dispose sur une table basse son plateau repas composé d'une salade de tomates/mozzarella, d'une pêche, d'un abricot et de son éternel Ice Tea.

À 13 h 24, une invitée surprise se pose discrètement sur le goulot de sa boisson préférée se hâtant de descendre vers le liquide sucré.

À 13 h 25, Clémence se sert un verre, le porte à ses lèvres, avale goulûment une gorgée du breuvage, pousse un cri, lâche le verre qui s'écrase au sol, crache, pose ses mains sur sa gorge… Allergique, elle fait un œdème de Quincke…

Elle ne connaîtra jamais la fin de la trilogie.

La superstition a eu raison de Clémence ce vendredi 13 juillet.

Jour de concours

6 h 20. L'alarme de son portable vient de retentir. Serge ouvre un œil et le referme bien vite. Le cerveau encore embrumé, il tente de revenir à la réalité. Il émerge peu à peu de son sommeil profond ayant le sentiment de n'avoir pas assez dormi. Il se souvient qu'il s'est couché tard, trop tard vers minuit. Il a révisé jusqu'au dernier moment, en témoigne les nombreuses fiches bristol étalées sur son lit.

D'un coup il sort de sa torpeur, bondit du lit et se précipite dans la salle de bain.

Son avenir se joue aujourd'hui. Il présente le concours d'entrée à l'école du Louvre. Passionné d'histoire de l'art, il a travaillé comme un forçat toute l'année avec un seul objectif : obtenir son admission.

Après être resté un bon moment sous la douche, les idées claires, il file se préparer un copieux petit déjeuner équilibré composé d'un café noir, d'un œuf à la coque, de pain complet, d'un verre de jus vitaminé et d'un fromage blanc. Il se donne les moyens d'être au top de sa forme.

Il choisit soigneusement des vêtements amples histoire d'être à l'aise, enfile sa paire de sneakers et complète son sac à dos préparé la veille en y glissant deux barres de céréales et une gourde d'eau.

Les épreuves écrites démarrent à 9 h.

Son train est à 7 h 40. Il a prévu d'arriver à la gare dix minutes avant pour ne pas se stresser.

Mais quand le destin s'en mêle, le chemin avant d'atteindre ses rêves peut être tortueux.

Le jeune homme s'engouffre sous le passage souterrain qui mène à la station quand il aperçoit, au bout du tunnel, deux silhouettes semblant lutter.

Il perçoit des cris de détresse féminins et comprend qu'une passante est en train de se faire agresser. Instinctivement, il se précipite et arrive au moment même où la victime s'écroule au sol, abandonnée par son agresseur qui fuit en emportant son sac à main.

La femme est blessée. Serge comprend qu'elle a reçu un coup de couteau en voyant le sang giclé sur son flanc. Il ne se pose pas de questions et met immédiatement en œuvre les gestes qu'il a appris au cours d'une formation de secouriste. Il comprime la plaie avec son poing et rassure autant qu'il peut l'inconnue.

Entre-temps, un piéton a appelé les secours. À leur arrivée, pompiers et SAMU prennent le relais.

Les agents de police dépêchés sur place dressent les premières constatations en recueillant le témoignage du jeune homme. Quand Serge, passablement choqué, reprend ses esprits, l'heure a tourné.

Il réalise qu'il a raté son TER et qu'il ne pourra pas arriver à l'heure d'autant plus qu'il lui faut se changer, sa chemise et son pantalon étant couverts de sang.

Il tente le tout pour le tout en appelant le centre d'examen. À son grand désespoir, on lui répond que s'il ne se présente pas à 9 h, il n'y a aucune possibilité de dérogation.

Le jeune homme est effondré, son rêve vient de se briser.

Un des fonctionnaires présents sur les lieux le réconforte autant qu'il peut en mettant en exergue le fait qu'il a sans aucun doute sauvé une vie.

Serge ne l'écoute pas. Obsédé par ses pensées, il ne prend pas conscience que ce qu'il vient de faire est héroïque.

Après avoir laissé ses coordonnées aux policiers, il se hâte de rentrer chez lui.

Il est terré dans son appartement depuis cinq jours quand une visite impromptue va à nouveau chambouler son destin.

Le visiteur qui se présente est le fils de la victime. Il tient en premier lieu à le remercier chaleureusement d'avoir eu le courage d'intervenir lors de l'agression et salue son acte de bravoure. Les nouvelles de la santé de sa mère sont rassurantes. La lame du couteau n'a pas atteint d'organes vitaux. Elle devrait sortir de l'hôpital d'ici quelques jours, mais elle tient absolument à rencontrer son sauveur et l'a diligenté afin de convaincre Serge de venir au plus vite à son chevet.

Allongée sur son lit, la femme l'accueille avec un sourire.

L'émotion est intense quand elle lui prend la main et la serre entre les deux siennes en murmurant « merci, merci, vous m'avez sauvé la vie ».

C'est à cet instant seulement que le jeune homme réalise la portée de son geste et ses conséquences. Elle aurait pu être sa maman.

Il lui sourit à son tour, les yeux humides.

« Je ne pourrai sans doute jamais vous rendre la pareille », lui dit-elle.

Elle enchaîne alors en lui expliquant qu'elle est au courant pour son concours et qu'elle a une bonne nouvelle à lui donner.

Il s'avère que son frère est conservateur du patrimoine au Louvre.

À titre exceptionnel, il a obtenu de la Direction de l'École l'autorisation que Serge présente le concours la semaine prochaine, concours que le jeune homme réussira haut la main.

La Réunion

Depuis plusieurs semaines, son père dépérissait à vue d'œil et Dominique était inquiète pour sa santé. À 66 ans René était encore un très bel homme qui ne laissait pas les femmes indifférentes. Ne supportant pas la solitude, il n'avait jamais vécu seul. Suite au décès de sa dernière compagne, une Malgache qu'il avait beaucoup aimée, René était devenu taciturne. Dominique s'occupait de lui au quotidien. Elle avait espéré que cet état serait passager, que son père reprendrait peu à peu goût à la vie et qu'elle retrouverait l'homme qu'elle avait toujours connu, un optimiste invétéré, actif, des projets plein la tête, constamment tourné vers l'avenir. Mais il n'en était rien et semaine après semaine il était devenu déprimé.

En dépit de la réticence de ses frères et sœurs, elle avait décidé de l'emmener en voyage, espérant le sortir de sa torpeur. Elle connaissait ses goûts exotiques, sa passion pour les fonds sous-marins et son amour de la montagne. L'île de la Réunion lui semblait le lieu qui répondait le mieux à tous ces critères.

Il avait traîné des pieds avant de finir par accepter de suivre sa fille et son gendre. En ce début septembre 1975, ils s'étaient envolés tous les trois pour un mois de villégiature dans un bungalow au bord de l'océan.

Il n'avait pas fallu longtemps à son père avant de retrouver l'envie. Les premiers jours, il suivait le couple puis très vite, il avait pris son autonomie. Il était comme un papillon sorti de sa chrysalide. Dominique et son mari le croisaient de moins en moins. Il arrivait que son père ne rentre pas de la nuit, ce qui n'étonnait pas sa fille connaissant son goût pour les jolies métisses.

Elle comprit rapidement qu'il s'était amouraché d'une monitrice de plongée et se réjouit de le voir reprendre goût à la vie.

Malheureusement le séjour touchait à sa fin. Il fallait songer à retourner en métropole.

La veille de leur départ, Dominique et son mari passèrent la journée à chercher René, invisible depuis deux jours.

Quand ils le retrouvèrent, ils durent parlementer longuement avec lui, car il ne voulait plus quitter l'île ni sa nouvelle passion.

Dominique ne pouvait imaginer qu'il ne rentre pas en France. Qu'en penserait sa famille si c'était le cas ? Sa relation avec ses frères et sœurs avait parfois été compliquée. Elle savait d'avance que ce serait une source supplémentaire de tensions familiales, surtout s'il arrivait quelque chose à leur père. Son mari, témoin de la séparation déchirante des deux amoureux, avait fini par prendre position en soutenant le couple et tenté de convaincre sa femme de laisser son père vivre sa vie. Dominique était écartelée entre le désir de voir son père heureux et la peur de l'abandonner connaissant sa fragilité. Elle se sentait responsable de lui et René avait fini par se plier à ses arguments.

Dès qu'il était monté dans l'avion, il n'avait eu de cesse de lui répéter « Je reviendrai… Je reviendrai finir ma vie sur cette île. »

À leur retour à Nice, il s'était empressé de commencer des démarches afin de partir vivre à la Réunion, mais une alerte cardiaque très sérieuse l'avait freiné dans son élan. Le cardiologue lui avait prescrit un repos absolu et l'interdiction formelle de prendre l'avion.

Dix mois plus tard à Saint-Gilles, une jeune femme se tient debout devant sa boîte aux lettres ouverte, le visage couvert de larmes. Elle tient à la main deux enveloppes. La première est un avis de décès provenant de la métropole. La seconde lui est revenue avec la mention « n'habite plus à l'adresse indiquée ». Elle ouvre délicatement l'enveloppe et en sort le faire-part de naissance de son enfant Ethan-René.

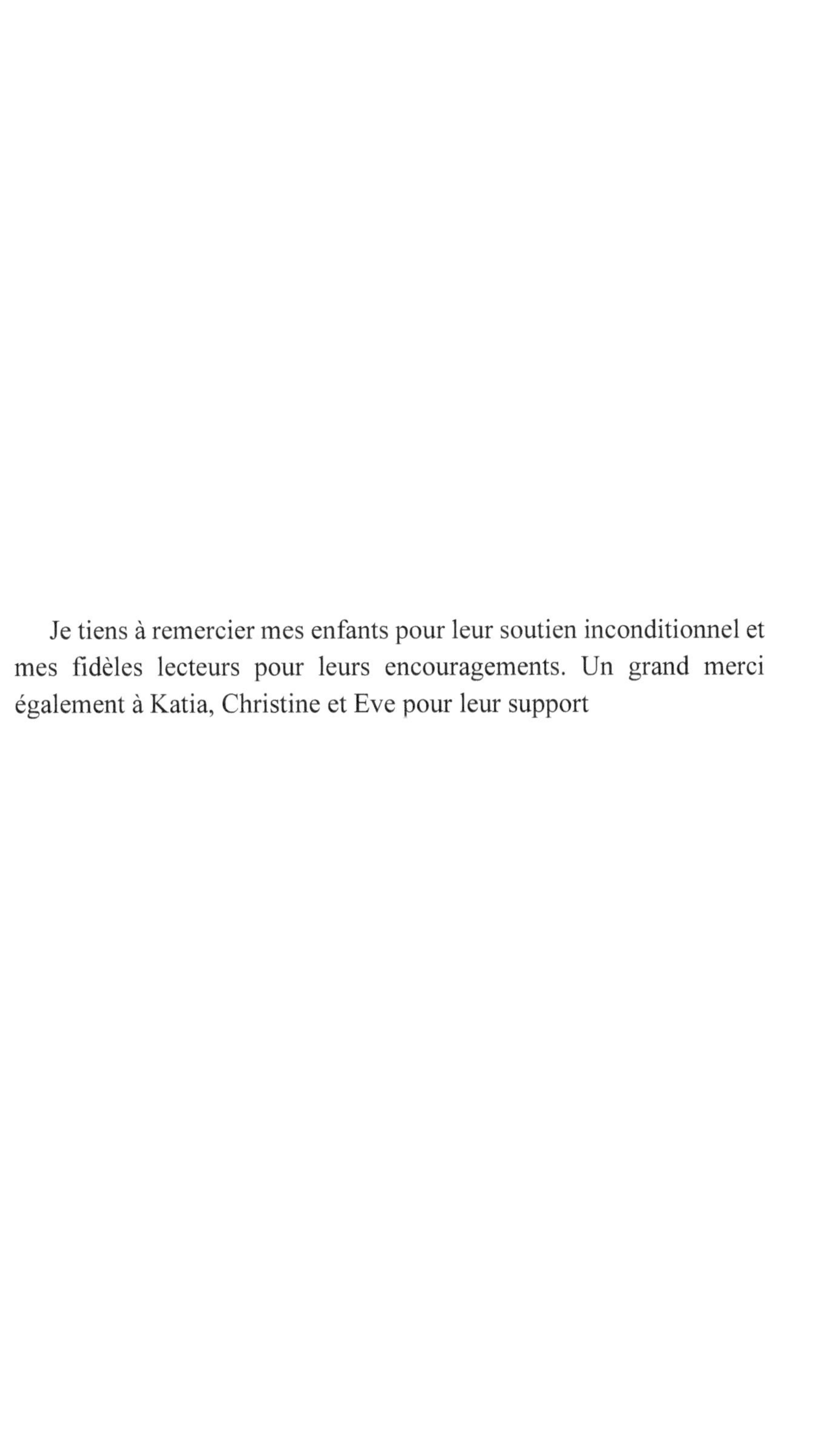

Je tiens à remercier mes enfants pour leur soutien inconditionnel et mes fidèles lecteurs pour leurs encouragements. Un grand merci également à Katia, Christine et Eve pour leur support

Table des matières

Imprimé en Allemagne
Achevé d'imprimer en novembre 2023
Dépôt légal : novembre 2023

Pour

Le Lys Bleu Éditions
40, rue du Louvre
75001 Paris

www.ingramcontent.com/pod-product-compliance
Lightning Source LLC
Chambersburg PA
CBHW062345010826
49168CB00024B/265

9791042213053